飛び降りる直前の同級生に
「×××しよう！」と提案してみた。
ピー
2
赤月ヤモリ
［イラスト］kr木

CONTENTS

飛び降りる直前の同級生に
ピー
しよう!
と提案してみた
2
赤月ヤモリ
[イラスト] kr木

プロローグ

寒さもいよいよ本格化を見せ始めた十一月の中旬《ちゅうじゅん》。

放課後の教室で、俺は胡桃《くるみ》さんに提案した。

「胡桃《くるみ》さん！　よかったら今日勉強して帰らない？」

「勉強？」

キョトンとした表情で胡桃《くるみ》さんは小首を傾《かし》げる。

相も変わらず一挙手一投足が可愛《かわい》らしい人である。

十月末に虐《いじ》めを受けて自殺しようとしていた彼女、古賀《こが》胡桃《くるみ》さんに『セックスしよう！』と提案してからしばらく。彼女の家にお泊《と》まりして仲良く泥酔《でいすい》したり、我が家にお招きして未来の妹を紹介《しょうかい》したりと、紆余曲折《うよきょくせつ》の後に俺たちは交際を始めた。

それから約二週間が経《た》つが、俺の中にある胡桃《くるみ》さんへの愛は日に日に増すばかり。

「そそ、ほらもうすぐ期末テストだしさ。二人でいちゃいちゃと愛を語らい合いながら勉学に励《はげ》もうと思ってさ。もちろん下心なんてないよ」

「そんなこと言ってる時点で下心しか感じられないんだけど⁉」

はぁ、と呆《あき》れたように嘆息《たんそく》する胡桃《くるみ》さんは今日も今日とて美しい。

流麗《りゅうれい》な長い黒髪《くろかみ》は毛先まで手入れが行き届き、絹のような肌《はだ》はシミ一つ見受けられない。

大人びた顔立ちは同級生とは思えないほど美しく、相も変わらぬ綺麗《きれい》なスタイルは、元モデルの貫録《かんろく》を見せつけていた。

そんな彼女は学校のブレザーに黒タイツ。

加えて今日に至っては首にマフラーを巻いていた。

寒さの影響《えいきょう》か。赤いチェックの可愛《かわい》いやつである。

本日も最低気温を更新《こうしん》しており、徐々《じょじょ》にオシャレになる胡桃《くるみ》さんに俺の目はくぎ付けだ。

「それは仕方がない。俺は胡桃《くるみ》さんを愛しているからね。頭のてっぺんから足の先まで、性格も仕草も、何もかもに俺は夢中なんだ！」

「ばっ――もう！　人前でそういうのはやめてって言ったでしょ！」

ぷりぷりと怒《おこ》りながら注意する胡桃《くるみ》さん。

教室にはまだ半数ほど生徒が残っていたので、恥《は》ずかしがるのも無理はない。

特に胡桃《くるみ》さんはＴＰＯを大事にするので、その思いも倍プッシュであろう。

「これは失礼。……それで、勉強はどうかな？」

「へ、変なことしないいなら別にいいわよ。どこでするの？」

「俺の家?」

「変なことしかするつもりないでしょ⁉」

正解である。

「じゃあファミレスとか?」

「人が多いと集中できないのよね」

それはなんとなくわかる気がする。気が散って仕方ないよね。

「それじゃあ――」

俺は逡巡《しゅんじゅん》したのち、とある場所を提案した。

☆

静かな校舎を二人で並んで歩く。

テスト期間前ということもあり、現在すべての部活動が禁止されていた。教室に残って勉強している者もいくらかいるが、大半の生徒は帰宅したり場所を移したりして勉強に励《はげ》んでいるようだ。

そんな中、俺たちがやってきたのは静かな校舎の中でも特に静かな隅《すみ》の隅《すみ》にある一室。

古めかしい引き戸に掛《か》けられたプレートには『図書室』の文字。

「何気にここに来たの初めてね」

「そうなの？」

「普段《ふだん》本とか読まないし、それに初めての場所に一人で行くのは苦手なのよ」

それはまぁ、なんとなくわかる。結構勇気いるよね。

なんてことを話しつつ扉《とびら》を開けると、本特有の渋《しぶ》い匂《にお》いが鼻腔《びこう》をくすぐった。

あれだ、トイレに行きたくなる匂《にお》いである。本屋でも同じ匂《にお》いがする。

室内に他の生徒の姿はなく、平素なら常駐《じょうちゅう》しているはずの図書委員の姿もない。

テスト期間前ということで委員会自体がお休みなのだろう。

そんな図書室内は舞《ま》い上《あ》がった埃《ほこり》が夕焼けに照らされて、どこか幻想的《げんそうてき》に揺《ゆ》らめいていた。

つまるところ――。

「二人っきりだね」

「へ、変態っ」

「いやいや、恋仲《こいなか》の男女が二人きり。静かな空間で他に何をすると言うんだ！」

「勉強」

ぐうの音も出ないんだなぁ、これが。

肩《かた》を落とす俺を放置して胡桃《くるみ》さんは窓際《まどぎわ》の席に腰《こし》を下ろし、勉強の準備を始めた。

仕方がないので俺も彼女の隣《となり》に腰《こし》を落ち着け、椅子《いす》を持ち上げ、少し近付く。

「よいしょ、と」

「ちょっと？　近くない？」

「むしろ遠いぐらいだよ」

「いったいどれだけ近付きたいの⁉」

「できる事なら膝《ひざ》の上に座ってもらい、後ろから手取り足取りと……」

「馬鹿じゃないの⁉」

「だからこれから勉強するんじゃないか」

「それ以前の問題でしょ」

否定できない。

「あー、もうっ、馬鹿なことしてないで勉強するわよっ！」

そうしてすっかり勉強モードになった胡桃《くるみ》さん。

どうやらこれ以上は相手にしてくれないらしい。

個人的にはもう少し雑談していたかったが、仕方がない。

もともと勉強するためにここに来たのだから。

それじゃあ俺も始めますか、と意気込んで勉強の準備を終えたところで、ふと胡桃《くるみ》さんがカバンから何かを取り出した。何だろうかと視線を向けて――

「胡桃《くるみ》さんそれって――わひゃあああああっ！」

素《す》っ頓狂《とんきょう》な声を上げてしまうのも無理はなかった。

何しろ彼女が取り出したのは、メガネと呼ばれる素敵《すてき》アイテムだったのだから。

「な、なに⁉」

「か、かわわわ、かわいい！　すごく似合ってる！　やばっ、いつもの雰囲気《ふんいき》も大好きだけどメガネを掛《か》けた理知的な胡桃《くるみ》さんマジラブ！　えっ、超《ちょう》かわいいいんだけど⁉　どうしたのそれ！」

胡桃《くるみ》さんのメガネ姿に思わずギャルみたいな反応をしてしまった。

けれど仕方がない。それほどまでに似合っていたのだから。

全体的に丸みを帯びた楕円形《だえんけい》のデザインは、オシャレさんが掛《か》けていそうなイメージの物。色はおとなしい黒で、レンズの奥に若干《じゃっかん》ゆがみがあることから伊達《だて》メガネではなさそうだ。

「そ、その、実は最近ゲームのし過ぎで少し視力が落ちちゃったみたいで……それで昨日買ったんだけど……どうかな？」

「さっきも言ったけど、本当にかわいいよ！」

「ん。……ありがと」

胡桃《くるみ》さんはどこかくすぐったそうに、だけど確かに口元に笑《え》みを湛《たた》えて頷《うなず》いた。

「あと好きだよ！」

「し、知ってるわよ、ばか！　……そ、それもありがとっ」

顔を僅《わず》かに上気させつつ、早口に感謝を述べる胡桃《くるみ》さん。

そんな彼女を見て思わず抱《だ》きしめてしまうのは、これまた仕方のない事であった。

☆

「はぁ〜、さむっ」

手に息を吐《は》きかけ、身を縮こまらせる胡桃《くるみ》さんはまるで小動物のよう。

あれからは真面目に二時間ほど勉強して、現在時刻は午後六時を五分ほど過ぎた頃《ころ》。

辺りはとっぷり夜の帳《とばり》に包まれており、同時に気温もググっと低下した。

正直そろそろ学校に防寒具を纏《まと》って登校してもよい頃合《ころあ》い。

一つのマフラーを二人で使う的なアレとか超絶《ちょうぜつ》してみたい、なんて妄想《もうそう》しつつ、俺は昇降《しょうこう》口《ぐち》で靴《くつ》を履《は》き替《か》えて胡桃《くるみ》さんと並んで帰路に就《つ》く。

何気なく見上げた夜空は晴れており、星を消し去るほどの光量で満月が輝《かがや》いていた。

「テストは大丈夫《だいじょうぶ》そう？」

「胡桃《くるみ》さんに教えてもらったからね！　恥《は》ずかしい結果は見せないよ！　胡桃《くるみ》さんは？」

「まぁ、私も頑張《がんば》りたい……かな？」

「がんばりたい？」

少々ニュアンスが違《ちが》う気がして小首を傾《かし》げると、胡桃《くるみ》さんは僅《わず》かに言《い》い淀《よど》む。

「ま、まぁ、その……あんたって、大学とか、どうする？」

「一応行くつもりで考えてるけど……え？　なんで大学の話？」

「……つ、つまりは、その……い、一緒《いっしょ》の大学、行けたらいいね、ってそういう話」

月光が照らす帰り道は、恥《は》ずかしそうに口元を手で隠《かく》す胡桃《くるみ》さんを色濃《いろこ》く映し出していた。

彼女はこちらの様子が気になるのか、ちらちらと時たま視線をよこしている。

そんないじらしい姿に俺はと言うと——。

「……な、なるほど」

「照れてる？」

「むしろ照れないわけがないんだけど!?　さて、市役所の窓口は何時までだったかな？」

「取りに行ってもまだ書けないから」

「ぐぬぬっ」

逃《に》げ道《みち》をふさがれてしまった。

「ふふ、ほんとバカなんだからっ」

俺の様子がよほど面白《おもしろ》かったのか、胡桃《くるみ》さんはそう言って笑《え》みをこぼした。……かわいい。

それからしばらく二人で話しながら歩いていると、駅が見えてきたタイミングで胡桃《くるみ》さんが切り出した。

「そう言えば、テストが終わればもうすぐね」

漠然《ばくぜん》とした内容であるが、胡桃《くるみ》さんラバーの俺はすぐに察する。

「確か二泊三日の京都だっけ？」

「そう。……楽しみ」

「俺も楽しみだよ、新婚旅行《しんこんりょこう》」

「新婚《しんこん》旅行じゃないから」

「そうだね、婚前《こんぜん》旅行だね！」

「修学旅行よっ！」

はぁ、とあきれた風にため息をつく胡桃《くるみ》さん。

しかしその瞳《ひとみ》はすぐに期待に満ちたものに染まる。

――修学旅行。

それは花の高校生活においても五指には入るであろうビッグイベントだ。

我らの高校においてもそれは同様で、期末テストの後に控《ひか》えている。

「それにしても京都かぁ。綺麗《きれい》な場所が多いってイメージがあるね」

寺社仏閣・古都京都。伝統ある日本家屋の立ち並ぶ『和』が脳裏《のうり》に過《よぎ》る。

それは胡桃《くるみ》さんも同じなようで、鼻息荒《あら》く口を開いた。

「そ、そう！　有名どころだと清水寺《きよみずでら》に金閣寺《きんかくじ》、銀閣寺《ぎんかくじ》！　個人的にはわびさびが強く感じられる銀閣寺《ぎんかくじ》の方が好きなんだけど、金閣寺《きんかくじ》にもそれはそれで強い魅力《みりょく》があって……あとは嵐山《あらしやま》！　渡月橋《とげつきょう》！　竹林《ちくりん》の小径《こみち》！　ほ、他にも——はっ⁉　……ん、んんっ！　おほんっ」

怒濤《どとう》のマシンガントークに思わず目を丸くしていると、胡桃《くるみ》さんは咳払《せきばら》いを一つ。

若干恥《じゃっかんは》ずかしそうに深呼吸してから気を落ち着けていた。

それにしてもこれほどテンションの上がった胡桃《くるみ》さんは初めて見た。綺麗《きれい》な景色が好きだというのは知っていたけど、まさかこれほどとは。

彼女の意外な一面に、俺の愛は燃え上がる一方である。

もっといろんな胡桃《くるみ》さんを見せて欲しいぜ。

「すごく楽しみだね！」

「……っあ、その」

「？　どうかした？」

ふと何かを言いたげに口をぱくぱくさせる胡桃《くるみ》さん。

焦《あせ》らせないようにゆっくり待つと、彼女は意を決したように息を吸い込んで、告げた。

「そ、それからっ——あ、あんたが居るからっ！　あ、あんたと……か、彼氏《かれし》と一緒《いっしょ》だからっ！　そ、それが何よりも、楽しみ……」

最後は消え入りそうな声で、しかししっかりと伝える胡桃《くるみ》さん。

顔は耳まで真っ赤に染まっており、慌《あわ》てて隠《かく》すように両手で覆《おお》う。

そんな彼女の様子に、もうすぐ冬だというのに全身が熱くなる。

胸中で彼女への想《おも》いがぐるぐる廻《まわ》り、思わず昇天《しょうてん》してしまいそうな錯覚《さっかく》を覚え、俺はこの感極《かんきわ》まった想《おも》いを真正面から胡桃《くるみ》さんに伝えた。

「俺も楽しみだよ、新婚《しんこん》旅行！」

「だから修学旅行！」

第一章 班決め

1

はてさて、時が過ぎるのも早いものである。

期末テストも恙《つつが》なく終了《しゅうりょう》し、返却《へんきゃく》された点数にこっそりガッツポーズを決めた翌日。

俺は斜《なな》め後《うし》ろの席に座る胡桃《くるみ》さんに、とあることを尋《たず》ねた。

「お土産《みやげ》は食べ物がいいか、それとも何かしら形に残る物がいいのか……胡桃《くるみ》さんはどっちがいいと思う？」

「い、いきなり何の話？」

「実は霞《かすみ》にお土産《みやげ》は何がいいかって聞いたら、任せるって言われちゃってさ……何がいいのかと困ってるんだよね」

「霞《かすみ》ちゃんに、か……」

うーん、と小首を傾《かし》げて悩《なや》みだす姿にときめきを感じつつ、俺は昨日のことを思い出す。

テスト返却《へんきゃく》も終わり、いよいよ修学旅行が近づいてきたこともあって、風呂上《ふろあ》がりのマイシスター霞《かすみ》に『お土産《みやげ》は何がいい？』と尋《たず》ねたのである。

これに対して霞《かすみ》は『兄貴のセンスに任せる』と口にした。

『兄貴に任せる』でも『何でもいい』でもない。

『センス』に任されてしまった。

――んなもんねーよ、というのが本音であるが、彼女には胡桃《くるみ》さんのことで色々とお世話になっている。できれば喜んでもらいたいのが兄心というものだ。

しかしセンスなど、ないものはない。

個人的には食べ物がいいだろうか？　と考えているが、相手は妹とは言え女の子。

というわけで同じ女性である胡桃《くるみ》さんに尋《たず》ねた次第《しだい》である。

「何だろ、ぱっとは思いつかないかも……調《しらべ》ちゃんならお土産《みやげ》は何がいい？」

しばし悩《なや》んだ末、胡桃《くるみ》さんは前に座る金髪《きんぱつ》の少女に話しかけた。

長い金髪《きんぱつ》と豊満な胸を持つ彼女――小倉《おぐら》は、胡桃《くるみ》さんの問いに驚《おどろ》き半分喜び半分といった様相で振《ふ》り返《かえ》ると、爛漫《らんまん》たる笑《え》みを浮《う》かべて答えた。

「な、何かなっ!?　胡桃《くるみ》ちゃんから貰《もら》えるものなら何でも嬉《うれ》しいよ！」

一瞬《いっしゅん》、忠犬の如《ごと》くぶんぶんと振《ふ》り回《まわ》すしっぽを幻視《げんし》してしまう。

「あ、いや、私じゃなくて――」

「俺の妹の話だ」

胡桃《くるみ》さんの言葉の続きを口にすると、小倉《おぐら》は意外そうなものを見る目で見つめてきた。

「……へぇ、あんた妹居たんだ」

「なんだよ」

「別に？　いくつ？」

「……………中三」

「なんで言《い》い渋《しぶ》るのよ」

それは仕方がない。

前より落ち着いたとはいえ、それでも小倉《おぐら》に対して素直《すなお》に接するのはいまだ強い抵抗《ていこう》を覚えてしまう。これぱっかりはどうしようもない。

そんなこちらを無視して、小倉《おぐら》は顎《あご》に手を当て胡桃《くるみ》さんに向き直る。

「中三かー。そうだね……。まぁ、私はその霞《かすみ》って子に会ったことないから何とも言えないけど、でも修学旅行って言っても行き先は京都だし、そこまでこだわる必要はないんじゃないかな？」

「確かに……同じ日本だしね」

「そうそう、普通《ふつう》な感じでいいと思うけど」

「そ、それで言うなら……お菓子《かし》とか、かな？　京都だったら抹茶《まっちゃ》とか有名じゃない？」

「確かに！　あとは生八ツ橋《なまやはし》？　お菓子《かし》以外だと……あぶらとり紙とか」

「あー、それもいいかも！　他には――」

やがて二人で話に花を咲《さ》かせる胡桃《くるみ》さんと小倉《おぐら》。

気付けば蚊帳《かや》の外である。

ぽつねんとした状況《じょうきょう》に少なくない寂《さび》しさを覚えるも、二人のやり取りを見ているとだいぶ打ち解けてきたなと、ふとそんなことを思った。

小倉調《おぐらしらべ》――かつて胡桃《くるみ》さんを虐《いじ》めていた彼女であるが、約二週間前のある日、クラスメイトの何気ない言葉によって彼女はクラス中から悪意を向けられていたところを、胡桃《くるみ》さんに助けられた。小倉《おぐら》は謝罪し、胡桃《くるみ》さんはそれを受け入れ――それ以降、二人の関係は日ごとに親密になっていた。

最近は休み時間に話していることも多いし、何より胡桃《くるみ》さんが笑顔《えがお》を見せることが多くなっていて大変喜ばしい事である。

それもこれも胡桃《くるみ》さんの海より広い心のおかげなのか、それとも小倉《おぐら》のコミュ力がなせる業《わざ》なのか。

判断はつかないが、あの日――クラスに蔓延《まんえん》した悪意ある空気から胡桃《くるみ》さんが小倉《おぐら》を救ってからというもの、すべてが良好な方へ進んでいるのは間違《まちが》いなかった。

「胡桃《くるみ》ちゃんっ、修学旅行では一緒《いっしょ》にお風呂《ふろ》に入ろうね！　背中流してあげるから！」

「ええ〜、そんないいよ〜」

……が、それとこれとは別問題。

「ん、んんっ！　おほん！　胡桃《くるみ》さん？　最初に相談したのは俺なんだけど？」

デレデレする小倉《おぐら》とまんざらでもない胡桃《くるみ》さんに俺は咳払《せきばら》いして割り込ませていただく。

百合《ゆり》の間に挟《はさ》まる男は死滅《しめつ》して欲しいが、胡桃《くるみ》さんは俺の彼女なのでセーフ。

「そ、そうだった！」

本気で忘れていたのか慌《あわ》てる胡桃《くるみ》さんに、思わずしょげていると。

「……ふへ」

小倉《おぐら》がこちらを見て口端《こうたん》を上げた。

「なんだよ」

「別になんでもないけど？　彼氏《かれし》くん。……あっ、胡桃《くるみ》ちゃん！　ホテルでは布団《ふとん》並べて寝《ね》ようね♡」

嫌味《いやみ》のように彼氏《かれし》の部分を強調した小倉《おぐら》は、猫《ねこ》なで声《ごえ》で胡桃《くるみ》さんに話しかける。

「……この泥棒猫《どろぼうねこ》め。喧嘩《けんか》売ってるなら買うが？」

「きゃっ、助けて胡桃《くるみ》ちゃん！」

「あっ、ズルいぞ！」

わざとらしく怯《おび》えてみせて胡桃《くるみ》さんにすり寄る小倉《おぐら》に、しかし当の本人は何処《どこ》か楽しそうにしつつも呆《あき》れた様子で、子供を叱《しか》るような優《やさ》しい声音《こわね》で告げた。

「もう、調《しらべ》ちゃん。あんまり煽《あお》らないで！　あとあんたもいい加減汚《きたな》い言葉を使わない！」

……聖母かな？

母性を醸《かも》し出《だ》す胡桃《くるみ》さんに、二人揃《そろ》って元気に返事をするのであった。

☆

「おーい、そこのエスケープ三人組～」

そんな感じで三人で修学旅行について話していると、ふと教壇《きょうだん》に立っていた担任教師である物部《もののべ》先生から声がかけられた。

因《ちな》みに、エスケープ三人組とは言わずもがな俺たちのことだ。

彼は大きくため息をついて頭を掻《か》く。

「お前らなぁ……暇《ひま》なのはわかるが、一応お前らの班決めの最中なんだぞ？」

「いやぁ、だってすることないですし……」

「まぁ、そうなんだけどさぁ」

困ったような表情を見せる物部《もののべ》先生。

というのも、実のところ現在は休み時間ではない。ＬＨＲ《ロングホームルーム》の時間である。

内容は修学旅行における自由行動時の班決め。

四人一班、合計十班作ることになっている。

ならどうしてこんなことになっているのか。答えは簡単である。

大半の生徒が仲のいい者と班を形成していく中で、まず俺は胡桃《くるみ》さんに求婚《きゆうこん》した。

高校生活におけるビッグイベントを共に過ごさないなどありえないからな。

こうして班の人数は二人。

このまま二人きりの京都散策としゃれこみたいところだったが、そうは問屋が卸《おろ》さない。

ルールはルール。そこで胡桃《くるみ》さんがハブられていた小倉《おぐら》を誘《さそ》った。

「修学旅行、一緒《いつしよ》に回らない？」

と。

これに対し小倉《おぐら》は俺を一瞥《いちべつ》。渋《しぶ》い顔を返すと、彼女は嬉々《きき》として、

「行く行く～」

と参加してきた。畜生《ちくしよう》である。

そうして形成されたのが元いじめられっ子に元いじめっ子、そして頭のおかしい変態で構成されたエスケープ三人組である。

教室内ではこれ以上なく浮《う》いた存在であり、近寄《ちかよ》り難《がた》いというか触《さわ》らぬ神に祟《たた》りなしを地で行く存在に、残りの一枠《わく》がエンプティ。結果としてクラス内で残りの一人を誰《だれ》にするかという、

俺たちを中心とした俺たち以外の話し合いが現在進行形で開催中《かいさいちゅう》というわけだった。

まぁ、好き好んで入りたいと思う者はいないだろう。

居たらきっとマゾヒストに違《ちが》いない。

なんて失礼なことを考えていると、ふとクラスメイト達の中から手が挙がった。

「んじゃ、俺行くわ」

飄々《ひょうひょう》とした態度で、しかしはっきりと宣言した彼は俺の唯一《ゆいいつ》の友人にしてサッカー部のイケメン、桐島《きりしま》くんだった。

俺や胡桃《くるみ》さんが困っていた時には何かと裏で相談に乗ってくれる最高の友人であるのだけど、この行動はいささか彼らしくない。何しろ普段《ふだん》の彼は、あくまでも裏で気にかけてくれるだけで、表で絡《から》んでくれることはほとんどないのだから。

しかしそれが悪いとは思わない。

彼には彼の青春があり、それを放棄《ほうき》する必要などないのだから。

「えぇー、桐島抜《きりしまぬ》けんのかよー」

「マジかー」

元々同じ班員だったのだろう生徒たちから非難を受ける桐島《きりしま》くん。

だけど彼は「わりーな」とだけ告げて、物部《もののべ》先生に班移動を願い出て、俺たちの方へとやって来た。

「うっす。よろしくな、ヤバ宮《みや》くん」

そんな非常に不名誉《ふめいよ》なあだ名を考えた彼は、特に気にした様子もなくニッと笑う。

「……いいの？」

「……何が？　俺はお前らと組んで修学旅行回りたいって思ったから入るだけだぜ？」

爽《さわ》やかに答える彼と一瞬《いっしゅん》見つめ合う。相手の真意を探《さぐ》るように。

すると彼は再度苦笑《くしょう》。あまり探《さぐ》ってほしくないのだろう。

普段隠《ふだんかく》し事《ごと》をするタイプではないので、やはり彼らしくない行動に違和感《いわかん》を覚える。

が、しかし。それはそれとして個人的にはこれ以上ない人選には違《ちが》いない。

探《さぐ》ってほしくないのなら探《さぐ》らないのも親友というもの。

「ありがとう、桐島《きりしま》くんは最高の親友だよ！」

感謝の言葉を告げると、彼は苦笑《くしょう》を浮《う》かべたまま、

「あぁ、そうなりたいよ。俺は」

と誰《だれ》にも聞かせるつもりのないほどの声量で呟《つぶや》いた。

まぁ、俺の耳は最強なので一字一句聞き届けてしまうのだが。

「それでは、当日はこの班で回ってもらうことになるから！　残りの時間は各々《おのおの》行きたい場所を話し合って決めるように！」

間延びした物部《もののべ》先生の声に、クラスメイト達がそれぞれ話し合いを再開する。

桐島《きりしま》くんのことは気になるが、今は置いておくとしよう。

俺は気を取り直し、桐島《きりしま》くんに人見知りを発動させていた愛くるしい胡桃《くるみ》さんに尋《たず》ねた。

「さて、京都のどこで式を挙げるかって話だっけ？」

「観光の計画を練るのよっ！」

2

私、古賀胡桃《こがくるみ》はベッドの上で横になる。

時間はあっという間に過ぎるもので、もう修学旅行の前日。

明日からは待ち望んでいた二泊三日の旅行が始まる。

そんな中、思い起こすのは先日の出来事だった。

一瞬《いっしゅん》どうなるかと思ったけど、無事にあいつと――き、貴一《きいち》と同じ班になることが出来た。

「……ふふっ」

自然と笑《え》みがこぼれてしまう。

あいつが現れてからだけど、特に最近は多い気がする。

理由の大半はあの頭のおかしい彼氏《かれし》だけれど、それだけじゃない。

小倉調《おぐらしらべ》ちゃん……私にとってはいろいろと因縁《いんねん》と言うか、確執《かくしつ》のようなものがあった彼女だけど、最近は一緒《いっしょ》に居て本当に楽しいと感じる。

やっぱり、同性の友達と遊ぶのはあいつとは別の楽しさがあったりするのね。

同性の友達と言えば霞《かすみ》ちゃんもそうだけど、彼女の場合はどちらかと言うと妹のような感覚で接してしまう。

「まぁ、結婚《けっこん》したら本当に妹なんだけど……。…………っ⁉」

ぼそりと呟《つぶや》いて、瞬間《しゅんかん》顔に熱が昇《のぼ》るのを感じた。

(な、なに恥《は》ずかしいことを独り呟《つぶや》いているのっ⁉)

堪《たま》らず枕《まくら》を抱《だ》きしめてもだえ苦しむ。

い、いけない！

近頃本格的に貴一《きいち》のおかしさが伝染《でんせん》してきた気がする。

べ、別に悪い気分ではないけれど……あぁ、ぐぅ……。

茹《うだ》った頭で部屋の電灯を眺《なが》め、茫然《ぼうぜん》と思う。

(…………笠宮胡桃《かさみやくるみ》、か……)

——はっ！

「ば、馬鹿じゃないのっ⁉　はっず！　あぁぁあああああっ！」

顔が熱い。

自分でも辟易《へきえき》するほど浮《う》かれ過《す》ぎだ。

恥《は》ずかしさのあまり顔を枕《まくら》にうずめて、気を落ち着かせる。

そう言えばこのベッドであいつと寝《ね》たんだっけ。

「……」

ま、また泊《と》まりに来ないかな。

って、別にムラムラしてるわけではないけども。

確かに、そういうことをしたいと思うこともあるけど、でもそれはそれとして一緒《いっしょ》に居たいと、純粋《じゅんすい》な気持ちでそう思っているだけで……いったい誰《だれ》に言い訳しているというのか。

「……はぁ。お風呂《ふろ》行こ」

ベッドの上で悶《もだ》えたこともあり、服の下はじんわりと汗《あせ》ばんでいた。

お風呂《ふろ》を準備して、さくっと入浴を済ませる。

出てきて時計を見ると一時間も経《た》っていた。

季節的にもうすぐ冬である。

末端冷え性《まったんひえしょう》の身としては、どうしても長湯してしまうのだ。

「ふぅ……」

お風呂上《ふろあ》がりにココアをごくり。

温まった後も温かい飲み物がいい、すっかりそんな季節。

明日の朝は早い。湯冷めする前にさっさと寝《ね》てしまおう。

そう考えて就寝《しゅうしん》の準備を行おうとして——不意に電話がかかってきた。

「もう、だれ？」

少し前なら着信音が鳴るだけで初めて鏡を見た猫《ねこ》のようになっていたけれど、最近では貴一《きいち》や調《しらべ》ちゃんからよく電話を貰《もら》うのですっかり慣れたものだ。

まぁ、その二人以外、私の連絡先《れんらくさき》を知らないのだけど。

私は発信元も碌《ろく》に確認《かくにん》せず、電話を取った。

「もしもし？」

「……もしもし、俺だ」

常套句《じょうとうく》を口にすると、返ってきたのは貴一《きいち》でも調《しらべ》ちゃんの声でもなかった。

それは、どこか懐《なつ》かしさすら覚える男性の声。

瞬間《しゅんかん》——全身が粟立《あわだ》つのがわかった。

身体《からだ》がこわばる。

(……なんで、どうして？)

いや、別に不思議なんかじゃない。

この人が電話をかけてくるのは、何も不思議な事なんかじゃない。

むしろ今まで一本も電話がなかった方が不思議なくらいだった。

そう、それは——

「……お父さん」

約一年ぶりになる父からの電話だった。

☆

父はこちらのことなど特に気にした様子もなく、あの日と――家を出て行く前と何ら変わらない態度で話し始めた。

「久しぶりだな胡桃《くるみ》。元気にしていたか？　あぁ、こちらは順調だ。学校の調子はどうだ？　何か困ったことは――いや、野暮《やぼ》な話だったな。お前のことだ。大抵《たいてい》のことは一人でこなしてしまうのだろう」

「――あっ、う、うん」

口を挟《はさ》む間もなく、父は矢継《やつ》ぎ早《ばや》に言葉を口にする。

相変わらず、である。

「だろうな。ところで、仕事はまだ休止中のままなのか？　続けるのもやめるのもお前の自由だが、どっちつかずの煮《に》え切《き》らない状態《じょうたい》というのは先方に対して迷惑《めいわく》がかかる。出来るだけ早く身の振《ふ》り方《かた》を決めろよ。……って、これも野暮《やぼ》な話か」

「……」

能天気な声が電話越《ご》しに聞こえる。

そう、これは別に緊張《きんちょう》するような電話ではない。

血のつながった父との約一年ぶりの電話……ただ、それだけ。

だというのに、私は言葉が喉《のど》につっかえてうまく喋《しゃべ》れない。

加えて、じくじくと胸中を暗いものが埋《う》め尽《つ》くしていくのを感じる。

それはきっと、大変だった時期に一切連絡《いっさいれんらく》をよこさなかったが故《ゆえ》の不信。

(……切りたいな)

そう思ってしまうのは、反抗期《はんこうき》だからではない。

ただなんとなく……話していたくなかった。

「──るみ。胡桃《くるみ》！　……ちゃんと聞いているのか？」

「ご、ごめん。なんだっけ？」

「ったく、だから今度修学旅行でこっちに来るんだろ？」

(こっち……あぁ、そう言えばお父さんが今勤めているのは京都の方だっけ)

ぼんやりと家族が離散《りさん》した時のことを思い出す。

父は転勤のタイミングで家を出て行き、私もまた『出て行かないで』と私に依存《いぞん》する母を置いて家を出た。それから父と会ったのは――否、連絡《れんらく》を取ったのはこの部屋を契約《けいやく》する時の一度だけ。

　できれば忘れたい記憶《きおく》だ。

　そんな私のことなど気にもせず、父は電話の向こうで言葉を続ける。

「それでさ、少し時間を作るから会って話をしないか？」

「……」

「あぁ、そうしよう。時間はまた追って伝えるから」

「…………」

　気が付くと電話は切れていた。

　会おう、との言葉に私は何と答えたのだろうか。

　ほとんど上の空で聞いていなかった。

　けれど、

「……っ」

　私は唇《くちびる》をかみしめ、そのままベッドにもそもそと潜《もぐ》り込《こ》む。

　ぐちゃぐちゃの心を落ち着けるように枕《まくら》を抱《だ》きしめると、瞼《まぶた》をぎゅっと閉じて久しぶりに現実逃避《とうひ》を行った。

　瞼《まぶた》の裏に映るのは、私の世界を華《はな》やかに染め上げてくれたあいつの姿。

（……貴一《きいち》）

彼との幸せな出来事を脳裏《のうり》に描《えが》き、私は逃《に》げるように眠《ねむ》りについた。

3

「着替《きが》えよーし、忘れ物なーし。ふむ、完璧《かんぺき》だな！」

修学旅行当日の朝。

現在時刻は午前六時。

これから一度学校に集合し、そこからバスで新幹線の乗車駅へ向かうことになっている。

着替《きが》えを詰《つ》め込《こ》んだボストンバッグの最終チェックを行っていると、上階からマイシスターが姿を現した。

そんな早朝のためか、現れた霞《かすみ》は当然寝巻《ねま》き姿《すがた》だった。

髪《かみ》はところどころ跳《は》ねていて、彼女は眠《ねむ》たげにあくびを噛《か》み殺《ころ》しながらぼやく。

「もー、そんな子供じゃないんだからさぁ。兄貴は馬鹿なの？　……あっ、馬鹿だったか」

「開口一番、兄に対してなんてことを言うんだ」

鋭《するど》い言葉を放った霞《かすみ》はいたずら小僧《こぞう》のようにニヤッと笑《え》みを浮《う》かべる。

「それで、お土産《みやげ》は何にするつもりなの？」

「あー、それなぁ。とりあえず向こうで色々見ながら考える方向で」

「ふーん。期待してる」

「お兄ちゃん困っちゃうよぅ」

「キモいんだけど」

なんで朝から二度も罵倒《ばとう》を受けなきゃいけないんだ。

「んじゃ、そろそろ時間だから行ってくるわ」

「はいはい、行ってらっしゃい。あっ、あんまり羽目《はめ》を外し過ぎて胡桃《くるみ》さんとハメたりしないでね」

「ドギツイ下ネタ飛ばしてきたなぁ、おい」

俺が言えた義理でもないが。

「まっ、何はともあれ楽しんでくれれば？　お土産《みやげ》だけじゃなくて土産話《みやげばなし》も期待してる」

「おう、任せとけ」

靴《くつ》を履《は》いて玄関《げんかん》から外に出る。

空を見上げると本日は晴天なり。

ふと振《ふ》り返《かえ》ると、閉《と》じ掛《か》けの扉《とびら》の奥で霞《かすみ》が壁《かべ》に寄りかかって手を振《ふ》っていた。

その口元は僅《わず》かに動いて――。

『いってらっしゃい』

兄に対して遠慮《えんりょ》はないけれど、何だかんだで見送ってくれる妹。

これはいい土産《みやげ》を買って帰らねばならいな、なんて思いつつ、俺は学校へと向かった。

☆

学校に向かう途中《とちゅう》、いつものように駅で胡桃《くるみ》さんと待ち合わせ。

朝の通勤ラッシュの中で、しかしすぐに胡桃《くるみ》さんの姿を発見した。

今日も今日とて非常に愛らしい。

「おはよう胡桃《くるみ》さん！　今日も可愛《かわい》い——って、どうかした？」

声をかけた胡桃《くるみ》さんは何処《どこ》か暗い表情を見せていた。

つい昨日までは京都への修学旅行に、それはもうワクワクしていたというのに。

「べ、別になんでもないわよ」

「……それで俺の目を誤魔化《ごまか》せるとでも？　いつも胡桃《くるみ》さんのことしか見ていないから、様子がおかしいことぐらいわかるよ」

「……このすとーかー」

「否定できないっ！」

「そこはしてよ……もう」

唇《くちびる》を尖《とが》らせて、ジト目でこちらを見つめてきたかと思えば、胡桃《くるみ》さんは大きく息を吸い込んで吐《は》き出《だ》した。

それから一度ぎゅっと目を瞑《つぶ》って頬《ほお》を叩《たた》くと、いつもの世界で一番かわいい笑《え》みを見せる。

「心配してくれてありがと。……でも、今は大丈夫《だいじょうぶ》だから」

「……ほんと？」

「信じてくれないわけ？」

挑発的《ちょうはつてき》な笑《え》みを浮《う》かべ、俺の胸板《むないた》を指で突《つ》っついてくる胡桃《くるみ》さん。

なにこれ、めちゃくちゃかわいいんですけど？

「俺は胡桃《くるみ》さんを信じてるよ！　結婚《けっこん》を誓《ちか》い合《あ》ったあの屋上の日よりも、ずっと前からね！」

サムズアップと共に宣言すると、

「あの時はまだ誓《ちか》い合《あ》ってなかったと思うんだけどっ⁉」

顔を真っ赤にしてうがーっと反論してくる胡桃《くるみ》さん。

そんな彼女はすっかりいつもの胡桃《くるみ》さんに戻《もど》っていた。

☆

学校に到着《とうちゃく》するとバスの出発までまだ余裕《よゆう》があった。

「ちょっとお手洗いに行ってくるから、荷物見てて」

そう言って胡桃《くるみ》さんは荷物を置いて校舎へと向かって行く。

すると、入《い》れ替《か》わるように一人の少女が近づいてきた。

「はよ」

「おう」

小倉《おぐら》だ。

いつにも増して眠《ねむ》そうな彼女を見るに、朝が弱いのだろう。

挨拶《あいさつ》を交《か》わして以降は互《たが》いに無言となるが、それも仕方がない。

俺にとって小倉《おぐら》は、所謂《いわゆる》『彼女の友達』なのだから。

胡桃《くるみ》さんが戻《もど》ってくるまでスマホで時間を潰《つぶ》すかと考えていると、不意に小倉《おぐら》が口を開いた。

「ねぇ、話あるんだけど。二人きりで」

「話だあ？」

あまりいい雰囲気《ふんいき》ではなさそう。

しかも小倉《おぐら》の大好きな胡桃《くるみ》さんを除いて二人きりと来た。

否《いや》が応《おう》でも訝《いぶか》しんでしまう。

しかしそんな俺の疑念をよそに、小倉《おぐら》はブレザーのポケットに手を突《つ》っ込《こ》みながら、目線を合わせることなく淡々《たんたん》と続ける。

「そう。だからさ、修学旅行中のどっかで時間作ってくれない？」

「修学旅行は常に胡桃《くるみ》さんとイチャイチャしたいんだけど？」

「それは私もだけど……っ！　でも──」

彼女は一度言葉を区切ると、ポケットから手を出す。

そして今度は俺を真正面から見つめながら、告げた。

「お願い」

「あ、あぁ……わかったよ」

その真剣《しんけん》な声音《こわね》に、俺は首肯《しゅこう》を返すのだった。

「おまたせー」

そこに胡桃《くるみ》さんが戻《もど》ってくる。

「「全然待ってないよっ!!」」

瞬間《しゅんかん》、先ほどの空気などどこへやら。

腹が立つことに小倉《おぐら》と言葉がかぶってしまった。

「おーっす、お前らー、おはよー……って、いったい何があったんだ？」

次いで小走りでやって来た桐島《きりしま》くんは、メンチを切り合う俺と小倉《おぐら》、それを見てオロオロする胡桃《くるみ》さんに対して、そうこぼすのだった。

兎《と》にも角《かく》にも修学旅行の始まりである。

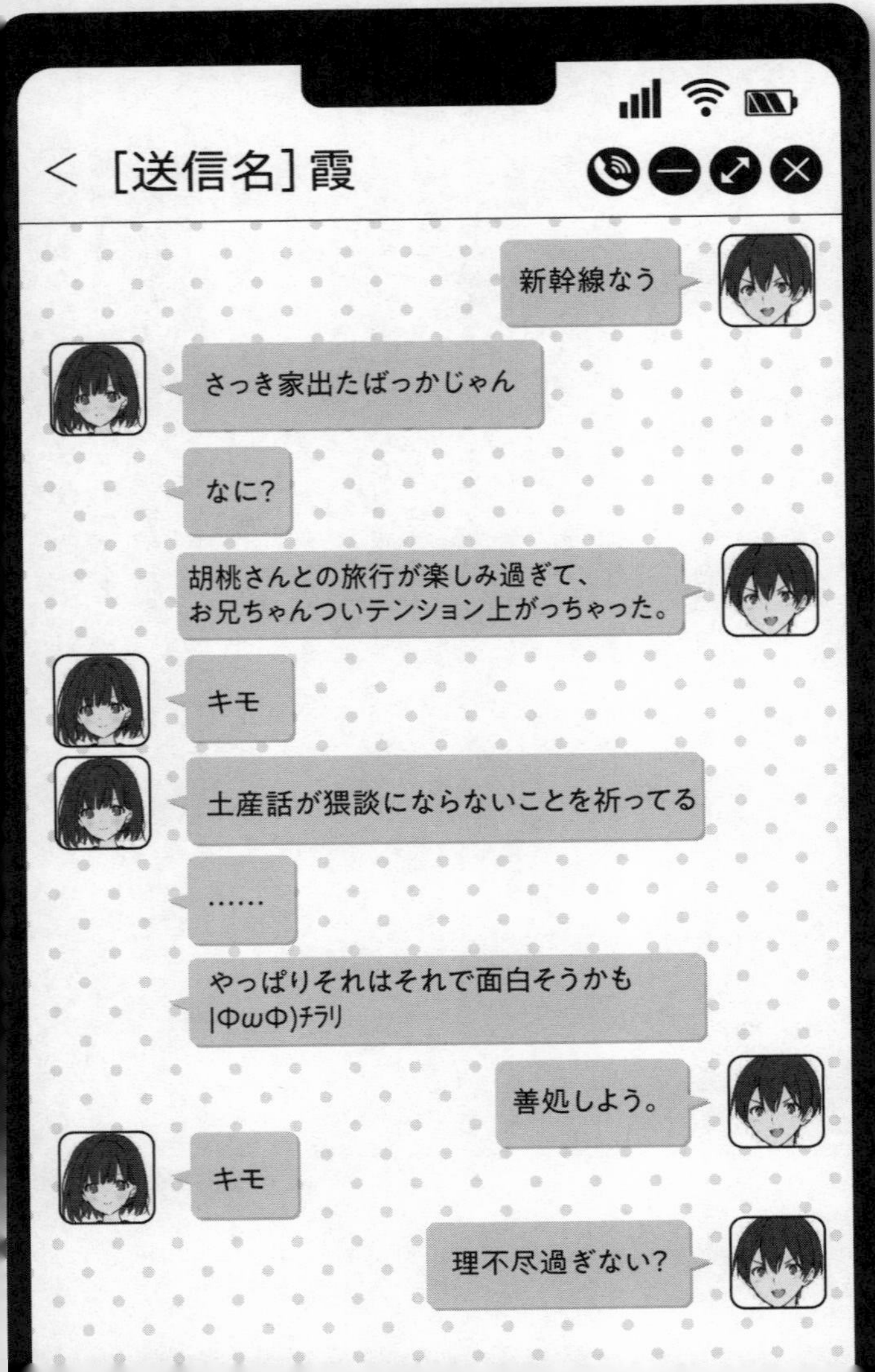
< [送信名] 霞
新幹線なう
さっき家出たばっかじゃん
なに?
胡桃さんとの旅行が楽しみ過ぎて、
お兄ちゃんついテンション上がっちゃった。
キモ
土産話が猥談にならないことを祈ってる
……
やっぱりそれはそれで面白そうかも
|ΦωΦ)ﾁﾗﾘ
善処しよう。
キモ
理不尽過ぎない?

第二章 修学旅行一日目

飛び降りる直前の同級生に『×××しよう！』と提案してみた。2

1

——ここが天国なのだろうか？

俺は隣《となり》で肩《かた》に頭を乗せて寝息《ねいき》を立てる胡桃《くるみ》さんを見て、そう思った。

場所は京都へ向かう新幹線の中。昨夜あまり眠《ねむ》れなかったのか、乗車して数分後には胡桃《くるみ》さんは夢の世界へと旅立たれてしまった。

(眠《ねむ》れなかったのは、今朝様子がおかしかったのと何か関係があるのか……)

ぼんやりと考えてみるけれど分からない。

胡桃《くるみ》さんは大丈夫《だいじょうぶ》と言っていたけれど、やはり心配なものは心配だ。

修学旅行中は注視しておこう。……いつものことだな。

それにしてもすやすやと聞こえる寝息《ねいき》が非常にかわいらしい。というより愛らしい。

ちらりと顔を覗《のぞ》き込《こ》めばみずみずしい唇《くちびる》が視界に入って——あー、キスしたい。何なら途《と》中《ちゅう》下車して近くのラブホテルに連れ込みたい。

邪《よこしま》にもほどがある下心を抱《いだ》きつつ、しかしさすがに自重。

瞬間《しゅんかん》、胡桃《くるみ》さんの身体《からだ》が一瞬《いっしゅん》ビクッとはねた。

うたた寝《ね》中になるあれだろうか。可愛《かわい》いな。

「んむ……もぅ、ヤバ宮《みや》くんの、へんたい……」

「夢の中で何が行われているというのだ」

「そ、そういうのは二人の時に……むにゃむにゃ」

本当に何が行われてるんだ⁉

非常に気になるけれど、騒《さわ》いで起こしてしまうのも忍《しの》びない。

俺は京都までの数時間、動かざること山のごとしと言わんばかりに胡桃《くるみ》さんの枕《まくら》に徹《てつ》するのだった。一回だけ頰《ほ》っぺたを突《つ》っついたのは秘密である。

柔《やわ》らかかった。

☆

そうして新幹線に揺《ゆ》られること約二時間。

京都駅に到着《とうちゃく》した我々は、クラス別に観光バスに乗り込んだ。

この修学旅行――二泊三日の予定は次の通りとなっている。

一日目にクラス単位で観光地を散策し、夕方ホテルへ移動。

二日目・三日目が、先日決めた班別での自由行動。

そして一日目である本日――俺たちのクラスが最初に向かったのは、

「――ここが清水寺《きよみずでら》」

京都でも一、二を争うレベルの名所、清水寺《きよみずでら》だった。

雲一つない快晴の下、正面には赤くてでっかい門があった。

これが入口なのだろう。

写真やテレビなんかでは何度も見たことがあるが、実際に来たのは初めて。

正直あまり寺社仏閣には興味がなかったけれど、さすがに本物を目の前にすれば興奮してしまう。門前からでも目を惹《ひ》かれるものがあった。

「まさに圧巻って感じだね、胡桃《くるみ》さん！」

なのでその感動を胡桃《くるみ》さんと共有させていただく。

バスを降りてから隣《となり》で目を見開いて微動《びどう》だにしていなかった彼女は、しかし俺の声掛《こえか》けにピクリと身体《からだ》を動かして、頰《ほお》を上気させつつ興奮した様子で口を開いた。

「ほ、ほんとに、ほんとにすごい綺麗《きれい》……！　死なくてよかったぁ！」

「み、見て見てっ！　あの正面に見えるのが仁王門《におうもん》！　高さは十四メートルもあって中には二体の仁王像《におうぞう》が両脇《りょうわき》に構えているのよ！　そこを潜《くぐ》り抜《ぬ》けると右手には西門《にしもん》があって、その先には随求堂《ずいぐどう》って呼ばれる――」

「……」

めっちゃ早口だった。

思わず俺が黙《だま》ってしまうほどの速さで、胡桃《くるみ》さんは清水寺《きよみずでら》について熱弁を始める。

ちらりと先ほど手に入れた清水寺《きよみずでら》の観光マップを見てみると、すごい全部あってるよ。

まさか胡桃《くるみ》さんの景色好きがここまでとは。

「そ、それでね！　その先に今度は轟門《とどろきもん》って呼ばれる門があって、そこを抜《ぬ》けると一番有名なあの清水《きよみず》の舞台《ぶたい》が――」

「おーい、お前らー。はぐれねーようにちゃんとついて来いよー」

熱弁を続ける胡桃《くるみ》さんに、中に入るため仁王門《におうもん》へと向かっていく物部《もののべ》先生が声をかけるが聞こえている様子はない。それほどまでに興奮しているのだろう。

愛する彼女の意外な一面を知ってしまって役得。

「でね、でねっ――」

結果、とり残されたのは興奮する胡桃《くるみ》さんと俺――それと、

「重い重い」

「く、胡桃《くるみ》ちゃん！　とりあえず先に行こ！　このままだと取り残されて入れなくなるよ！」

「――ハッ！　あっ、ご、ごめんね！　なんか、抑《おさ》えらんなくて……っ」

恥《は》ずかしそうにしながら赤くなった頬《ほお》を手で扇《あお》ぐ胡桃《くるみ》さん。

決して中に入れないということはないだろうが、入場券的なやつは学校がまとめて買っているだろうから、一緒《いっしょ》に行動しなければ自費になってしまう。

胡桃《くるみ》さんはこの場に残っていた俺と小倉《おぐら》、そして苦笑《くしょう》を浮《う》かべて傍観《ぼうかん》していた桐島《きりしま》くんに頭を下げつつ、てててっ、と物部《もののべ》先生やクラスメイト達の後を追い始めた。

若干《じゃっかん》早足なところに入れなかったらどうしよう、という焦《あせ》りを感じられてとても愛らしい。

「胡桃《くるみ》ちゃんって、あんなにはっちゃけることあるんだね」

「マジで可愛《かわい》いよな」

「分かる」

小倉《おぐら》と『分かり』を共有してしまった。

「お前らいろいろとすげーよ」

そんな俺たちをどこか呆《あき》れた目で見てくる桐島《きりしま》くん。

別段何もすごくはないと思うのだが。

三人並んで仁王門《におうもん》へと歩いていると、不意に胡桃《くるみ》さんが小走りで戻《もど》ってきて――。

「は、早く行くわよ！」

俺の手を摑《つか》んで引っ張った。

「ふ、二人もっ！　はっ、早くっ！」

よほど楽しみにして来たのだろう。

今度は俺たちも小走りで清水寺《きよみずでら》に向かった。

☆

「大きいー！　ひろーいっ！」

轟門《とどろきもん》を抜《ぬ》けて清水《きよみず》の舞台《ぶたい》に到着《とうちゃく》するなり、テンションが振《ふ》り切《き》れて子供のようにはしゃぐ胡桃《くるみ》さん。せり出した舞台《ぶたい》の方へと小走りで駆《か》けて行くと、手すりにもたれかかるようにして景色を一望していた。

そんな彼女を眺《なが》めて思うことはただ一つ。

「胡桃《くるみ》さんが可愛《かわい》すぎる」

「分かりみが深い」

「あれ俺の彼女なんだぜ？」

「羨《うらや》ましすぎる。いや、マジで」

小倉《おぐら》とだべりつつ胡桃《くるみ》さんへと近づくと、彼女もこちらに気付き、

「んっ、んん！　……すごい綺麗《きれい》ね」

咳払《せきばら》いを一つして落ち着きを取《と》り戻《もど》しながら、そう告げた。

「胡桃《くるみ》さんの方が綺麗《きれい》だよ」

「……っ、あ、あんたはほんと突然《とつぜん》なんだから……ば、ばか！」

いきなりで驚《おどろ》いたのか、髪《かみ》をいじって視線を京都の景色へと向ける胡桃《くるみ》さん。

そんな反応が可愛《かわい》くって仕方がない。

「ほんとにそのセリフ言うやつ居るんだ」

「何か言ったか？」

「別に～？　ねぇねぇ、胡桃《くるみ》ちゃん！　写真撮《と》ろ！」

俺の視線をかいくぐりスマホ片手に胡桃《くるみ》さんに近付く小倉《おぐら》。

相変わらずの泥棒猫《どろぼうねこ》っぷりである。

インカメで自撮《じど》りを始める二人を眺《なが》めていると、隣《となり》に桐島《きりしま》くんが近付いてきた。

「何だかんだ、仲良くしてるんだな」

「あの二人はね」

「お前は？」

「……俺は、どうだろうな。わからん」

きっとこの形が何よりもいいのだということはわかっている。胡桃《くるみ》さんに新しい同性の友達が出来て、小倉《おぐら》も以前のことを反省して自分を変えようとしている。

あぁ、いいこと尽《ず》くめじゃないか。

……だけど、俺の心の中に完全に許しきってもいいのだろうか、と靄《もや》のようなものが未《いま》だに存在するのも確かだった。外に出すつもりはないけどね。

「そう言えば、桐島《きりしま》くんは友達と回らなくてよかったの？」

話題を変えるために今度はこちらから話を振《ふ》る。

「って言うと？」

「だって今日は班行動じゃないからさ、他のクラスメイトと回らないのかなって。あぁ、邪魔《じゃま》とかそういうことを言っているわけじゃないから」

「分かってるよ」

慌《あわ》てて付け足す俺に苦笑《くしょう》を浮《う》かべた桐島《きりしま》くんは、ポケットに手を入れながら視線を前へと向ける。つられて見れば、楽しそうに写真を撮《と》る胡桃《くるみ》さんと小倉《おぐら》の姿。

「まぁ、なんだろうな。修学旅行はお前らと回りたいって、本当にただそれだけだ」

「そう」

「あぁ……って、俺のことはどうでもいいんだよ！　それよりお前は愛する彼女と写真撮《と》らなくていいのか？」

「――はっ！　そうだった！」

桐島《きりしま》くんの言葉に慌《あわ》てて、二人に近付く。

「胡桃《くるみ》さん！　俺とも撮《と》ろう！」

「あっ、う、うん。もちろん」

「じゃあ私も……」

あさましくも割って入ろうとしてくる小倉《おぐら》であるが、大親友の桐島《きりしま》くんがサクッと回収してくれた。本当に気《き》が利く友人だ。

小倉《おぐら》は彼の爪《つめ》の垢《あか》を煎《せん》じて飲めばいいと思われる。

「お前はこっち。……ったく。んじゃ俺が撮《と》ってやるよ。並べ～」

スマホを掲《かか》げる桐島《きりしま》くんの言葉に甘えて、胡桃《くるみ》さんの横に立って手を握《にぎ》った。

「……ち、近いんだけど」

「俺と胡桃《くるみ》さんの心の距離《きより》だよ！」

「重なり合ってるんだけど⁉」

「そう、胡桃《くるみ》さんとは身も心も重なり合いたいんだっ！」

「ちょっ、ほ、他の人も居るのに何言ってんのよ！」

「本心を言っている！　絶対にこの手は離《はな》さない！　一生涯隣《いっしょうがいとなり》に居てもらうから！」

「～っ！　ば、バカバカ！　こんな外でそんな……」

恥《は》ずかしさのあまり手を離《はな》そうとする胡桃《くるみ》さんであるが、ぎゅっと握《にぎ》って引き寄せると、借りてきた猫《ねこ》のようにおとなしく身を寄せてきた。

「もう……ほんと、バカなんだから……」

「胡桃《くるみ》さん……」

自然と胡桃《くるみ》さんと見つめ合う。

綺麗《きれい》な澄《す》んだ目に俺の顔が写っていて――。

「お前ら早くしろよ！」

「ご、ごめん」

桐島《きりしま》くんの悲鳴にも近い絶叫《ぜっきょう》で、現実に引《ひ》き戻《もど》された。

そう言えば写真を撮《と》る云々《うんぬん》って話だったっけ。

胡桃《くるみ》さんがあまりにも魅力的《みりょくてき》過ぎてすっかり二人だけの世界に入っていた。

胡桃《くるみ》さんは真っ赤な顔をぱたぱたと手で扇《あお》ぎつつ、大きく深呼吸。

それから顔の火照《ほて》りが取れるまで数十秒ほど待ってから、ようやく撮影《さつえい》が完了《かんりょう》した。

確認《かくにん》すると自分で言うのもなんだが、微笑《ほほえ》ましいカップルの写真に仕上がっていた。

これは是非《ぜひ》とも印刷して額縁《がくぶち》に入れて飾《かざ》ろう。

まだ修学旅行は始まったばかりにもかかわらず、俺は帰ってからのことを考えながら最高の一枚を撮影《さつえい》してくれたカメラマンに感謝を述べる。

「ありがとう！」

「俺、二度とカップルの写真は撮《と》らねぇ、二度とだ！」

大事なことだから二回言っていた。いや、ごめんて。

☆

清水《きよみず》の舞台《ぶたい》を通り過ぎると左手に地主神社《じしゅじんじゃ》と書かれた鳥居が現れた。

なんでも縁結《えんむす》びの神様が祀《まつ》られている神社だそう。

これが胡桃《くるみ》さんと知り合う前の俺ならば、それはもう無縁《むえん》もいいところの存在であったのだが、今は違《ちが》う。

何なら縁《えん》はすでに結ばれているし解くつもりも毛頭ないけれど、胡桃《くるみ》さんと恋愛成就《れんあいじょうじゅ》の神社に参拝とか絶対楽しいに決まってる。むしろ神様に見せつけてみようじゃないか。

「胡桃《くるみ》さん！」

「――わ、わかった！　わかったから変なことは言わないで！」

こちらが何かを言うよりも早く、胡桃《くるみ》さんは言葉を遮《さえぎ》った。

言葉を交《か》わすまでもなく以心伝心出来たことは非常に嬉《うれ》しいけど、一体全体胡桃《くるみ》さんの中で俺はどういう存在なのか。

それほど変な言葉を投げかけているつもりはないのだが……。

これは是非《ぜひ》一度、小一時間ほど密室で二人きりで問《と》い詰《つ》めた方がいいかもしれない。

もちろん他意しかない。

胡桃《くるみ》さんの許しが貰《もら》えたので一応同行者である小倉《おぐら》と桐島《きりしま》くんにも尋《たず》ねると「どうせ来たんだから行こう」と彼らからも許諾《きょだく》を得られた。

仮にも集団行動中だからね、こういうのは重要だ。

『地主神社《じしゅじんじゃ》』と書かれた大きな鳥居をくぐって石階段を上ると、朱色《しゅいろ》の本殿《ほんでん》が姿を現した。

例によって胡桃《くるみ》さんがキラキラと日朝ヒロインを応援《おうえん》する小学生のような目になっているが、可愛《かわい》いので写真を一枚。永久保存版だな。

次に、手を清めてお賽銭《さいせん》を入れる。

お参りは大切だ。

「胡桃《くるみ》さんと一生涯《いっしょうがいよ》寄り添《そ》えますように。離《はな》れるつもりなんかないけど！」

「神様に何言ってるのよ」

「決意表明……的な？」

「それ合ってるの？」

「まぁ、間違《まちが》ってはいないと思うよ。それに――」

「それに？」

「胡桃《くるみ》さんとの縁《えん》は自分で結んでいきたいからね！　だから神様にはお力添《ちからぞ》えをいただくの

ではなく、生温かい目で未来のおしどり夫婦《ふうふ》を見守っていてもらいたいんだよ！」

「んなっ！　ばっ……な、なに言ってるのよ！」

「だから胡桃《くるみ》さんを幸せにする決意表明だよ！　胡桃《くるみ》さんは嫌《いや》だった？」

「……っ！　そ、その言い方ズルいのよ……！」

そう言って胡桃《くるみ》さんは再度お財布《さいふ》を取り出すと五円玉を投げ入れもう一度お参り。

「こいつと……き、貴一《きいち》と一緒《いっしょ》に居れます、ように……っ！　これでいいっ⁉」

「胡桃《くるみ》さん……っ！　大好きだ！」

「わっ、だ、だから人前でやめてってばぁ！」

思いのままに抱《だ》きしめると、胡桃《くるみ》さんは顔を真っ赤にして叫《さけ》ぶのだった。

ひとしきり愛を伝え、参拝を終えると――ふと、ある物が目に付いた。

「……『恋占《こいうらな》いの石《いし》』？」

それは本殿《ほんでん》の前に十メートルほどの間隔《かんかく》をあけておかれた二つの石である。

近くの立て札に書かれた説明を読むと、一方の石から目を閉じてもう一方の石まで辿《たど》り着《つ》ければ恋《こい》の願いが叶《かな》う、というものらしい。

一度で出来たら早く叶《かな》う、出来なければ遅《おそ》くなる。

友人の手を借りれば、恋《こい》の方でも友人の助けがいる、とつまりはそんな内容だった。

なるほど。

「胡桃《くるみ》さん！」

「――わかった！　わかったから変なことは言わないでっ！」

だからどうしてそんなに警戒《けいかい》するのか。変なことなど言っていないのに。

やはりここは一度問《と》い詰《つ》めた方がいいかもしれない。

もちろん二人きりで。

☆

というわけで早速《さっそく》『恋占《こいうらな》いの石《いし》』に挑戦《ちょうせん》する。

俺は一方の石の前に立ち、もう一方の石を見据《みす》えた。

次いで、ぶつからないよう少し横にずれてこちらを見る三人――主に胡桃《くるみ》さんを見つめて、

「絶対一回で成功させるから！」

「わ、わかったから大きな声で言わないで！　は、恥《は》ずかしいっ」

消え入りそうな声で真っ赤な顔をうつむける胡桃《くるみ》さん。

彼女の隣《となり》で小倉《おぐら》がめちゃくちゃデレデレしていた。雌猫《めすねこ》め。

さて、さくっと終わらせるとしよう。

観光地ということもあり他の観光客の視線を感じるが、緊張《きんちょう》などはない。

俺は目を瞑《つぶ》ると躊躇《ちゆうちよ》なくまっすぐ歩きだした。

暗い視界の中を自らの心に従ってまっすぐ進み――、

「な、なんでっ⁉」

俺は胡桃《くるみ》さんを抱《だ》きしめた。……おや？

「俺の縁《えん》はすべて胡桃《くるみ》さんに結ばれているということだね！」

「そういうのじゃないと思うんだけどっ⁉」

「でも、現にこうして胡桃《くるみ》さんにたどり着いたわけだし」

「め、目を開けてたんでしょ⁉」

「そんなわけない」

「じゃ、じゃあもう一回やってみなさいよ！」

というわけで再挑戦《さいちようせん》。

俺はもう一度目を瞑《つぶ》り、まっすぐ一歩を踏《ふ》み出《だ》した。

そして――。

「――っ、ど、どうしてっ⁉　場所は移動したのに！」

目を開いて確かめると、確かに先ほどまで立っていた場所から胡桃《くるみ》さんは移動していた。

「やっぱり俺たちは運命の赤い糸で結ばれているということだね！」

「だからそういうのじゃ……っ、ほんとに目は開けてないの⁉」

「そんなに言うなら……っと」

俺はカバンからアイマスクを取り出す。

旅行ということで一応持ってきていたものだ。

装着していざ三度挑戦《みたびちょうせん》。

結果は――。

「ぜ、絶対におかしいわよ！」

俺の腕《うで》の中で抗議《こうぎ》する胡桃《くるみ》さん。可愛《かわい》いなぁ。

「そんなこと言われても……」

「じゃ、じゃあどうしてわかるのよ」

どうしてかと問われれば、そりゃあ。

「俺のラブラブセンサーがビンビンに反応していたからかな！」

「ら、らぶ……こ、こんな人の目があるとこで――」

「言《い》い換《か》えるなら、俺の中の羅針盤《らしんばん》は胡桃《くるみ》さんを指し続けているってことだよ！　永遠にね！」

いつものように心の赴《おもむ》くまま、愛の言葉を告げる。

すると胡桃《くるみ》さんはわなわなと震《ふる》え出《だ》し、口をぱくぱくと数度動かした後、顔を真っ赤にして吠《ほ》えた。

「ば、ばかぁぁぁあああっ‼」

因《ちな》みにこの間抱《だ》きしめたままだったりする。

☆

私、古賀胡桃《こがくるみ》は恥《は》ずかしさを誤魔化《ごまか》すように火照《ほて》った顔を手で扇《あお》ぎながら、ため息をつく。

「どうして私まで……」

先ほどの彼の奇行《きこう》で周囲からの注目が集まる中、私は石の隣《となり》に立つ。

恥《は》ずかしいけれど仕方がない。

あいつにだけやらせて、私は逃《に》げるというのは……まぁ、なんと言うか不公平だと思うから。

それに——

「胡桃《くるみ》さんがんばれー！」

ちらりと、横にずれてこちらを応援《おうえん》するあいつを見る。

仮にもし私が一度でたどり着けたなら……まぁ、喜んでくれるかな、なんて。

ただ、それだけ。

「……」

私は一度頬《ほお》をはたくとぎゅっと目を瞑《つぶ》り、歩き始めた。

なんだかんだと言ってきたけど、結局はまっすぐ歩くだけの占《うらな》い。

運否天賦《うんぷてんぷ》より、当人の方向感覚が如実《にょじつ》に表れるのが、この恋占《こいうらな》いだ。

その辺り、運動神経に自信がある私からすれば、そこまで難しいものではないはず……。

（で、でも、さすがに少し不安ね……）

ズレてたらどうしよう、なんて思いつつ、歩みを進める。

やがて、そろそろ反対側の石に辿《たど》り着《つ》いたかな？　と足元に意識を集中し始めた瞬間《しゅんかん》——

「わぷっ」

誰《だれ》かにぶつかった。

と同時に強い安心感を覚える。

この感触《かんしょく》と言うか、この匂《にお》いは間違《まちが》えることもない。

「おめでとう、胡桃《くるみ》さん！」

目を開けると、見慣れたあいつの顔がすぐそばにあった。

「う、うそっ！　もしかして私もあんたみたいに——」

奇怪《きかい》な軌道《きどう》を描《えが》いて想《おも》い人《びと》の胸に飛び込んでしまったというのっ⁉

焦燥《しょうそう》と同時に周囲を見渡《みわた》すも、しかし彼のすぐ後ろに本来の目的地であった『恋占《こいうらな》いの石《いし》』がぽつねんと鎮座《ちんざ》していた。

つまりそれは彼が私を受け止めにわざわざ待ち構えていたということで……。

「なんでっ⁉」

「愛ゆえに、かな？」

「だからそういうのじゃないんだけど⁉」

先ほどと同じことを叫《さけ》びながら、私は急いで彼の腕《うで》から飛《と》び退《の》いた。

ショックを受けた表情を見せる彼。

もう、やめてって言ってるのにしつこくするからよ。

少しは反省してほしいものね。

私はふいっ、と顔を逸《そ》らして調《しらべ》ちゃんと桐島《きりしま》くんの下に合流する。

ちらりと彼に視線を向けると、まだショックを受けていた。

……もう、もうっ！

「い、行くわよ！」

「胡桃《くるみ》さん……！」

そうして向けられる愛情百パーセントの瞳《ひとみ》。

（……っ、これに弱いのよね）

恥《は》ずかしいけど、悪くない。

そんなふわふわとした心持ちで、私たちは地主神社《じしゅじんじゃ》を後にした。

☆

その後、音羽《おとわ》の滝《たき》をぐるりと回り、清水寺《きよみずでら》を後にしたところで昼食の時間となった。

決められた時間内に決められた範囲《はんい》で好きに食事をして来いとのこと。

メンツは変わらずの四人である。

結局、修学旅行中はずっとこの班のメンバーで行動することになりそうだ。

昼食に関しては、せっかく京都に来たのだから有名なラーメンでもと思ったが、女子が二人いる都合、遠慮《えんりょ》した方がいいだろう。だからと言ってファミレスやファストフードでは味気ない。

うーむ、と迷った結果。

「やっぱり寒いときは鍋《なべ》ね。……はい、胡桃《くるみ》ちゃん♡」

目の前で小倉《おぐら》が小皿に材料を取り分けながら言った。

なんでも京野菜を使ったいい感じのところなのだとか。

店で迷っていたら口コミで評判の良かった店を小倉《おぐら》がサクッとチョイスしてくれた次第《しだい》である。俺は思いつきもしなかった。

だって誰《だれ》かと知らない店に入った経験などなかったから。

さすがは元陽キャ。

今ではクラスのふわふわポジションを共にする仲だが、経歴の差に嫉妬《しっと》を覚える。

ちなみに胡桃《くるみ》さんも終始どうしようと頭を悩《なや》ませていたので、俺と同じなのだろう。

夫婦《ふうふ》になっても価値観に違《ちが》いが生まれにくくていいかもしれない。

違《ちが》いが生まれてもそれはそれでいいのだけど。

結局胡桃《くるみ》さんと一緒《いっしょ》になれるのならそれ以上の幸せなんてないのだ。

「ありがと、調《しらべ》ちゃん」

「ううん、……と、はい桐島《きりしま》くん」

「うい」

胡桃《くるみ》さん、桐島《きりしま》くんと具材を取り分ける鍋奉行《なべぶぎょう》小倉《おぐら》。

胡桃《くるみ》さんのところにお肉が多いのは気のせいではないだろう。

きっと俺もそうするからよく分かる。

「……」

「……」

小倉《おぐら》は自らの皿に具材をよそって、俺を見た。

俺も無言を返す。

すると彼女は俺の皿を取り、他二人と同じように取り分けた。

「……はい」

「おう。ありがと」

「別に」

そうして四人揃《そろ》っていただきます。

湯気が昇《のぼ》る具材を見て、旨《うま》そうだと思う一方で、俺の皿に野菜が多いのは気のせいではないのだろう。きっと俺もそうするからよく分かる。

とりあえず目についた野菜をパクり。

ふむ……おいしいじゃないか。

☆

食後も京都散策は続き、俺たちのクラスが乗った観光バスが最後に向かったのは本日宿泊《しゅくはく》するホテルである。各々《おのおの》荷物を持って、物部《もののべ》先生がホテルの人とチェックインやらなにやらの諸作業を行っている間、ロビーで待機となる。

それにしても本日は様々なところを散策した。

個人的に驚《おどろ》いたのは金閣寺《きんかくじ》と銀閣寺《ぎんかくじ》って結構距離《きょり》が開いてたんだってこと。

教養の欠片《かけら》もない自身に涙《なみだ》が出るね。

と言っても、本日でかなり詳《くわ》しくなったが。

理由はもちろん、

「どこも綺麗《きれい》だったわね！」

恍惚《こうこつ》とした表情でそう告げる胡桃《くるみ》さんのおかげである。

行く先々で観光ガイドさん並みのご案内を披露《ひろう》していた胡桃《くるみ》さんの言葉を、彼氏《かれし》として聞かないわけにはいかない。その結果だった。

「うん、いい思い出にもなったよ！」

「写真もたくさん撮《と》れたし……今夜送っとくね」

「了解《りょうかい》、それじゃあ俺も……」

そう言ってスマホのアルバムを開くと、ずらりと並んだ胡桃《くるみ》さんの写真がざっと百枚以上。

まるで観光地の宣材写真のような仕上がりだ。

もちろん中には俺と二人で映っているものや、小倉《おぐら》あるいは桐島《きりしま》くんと映っているものもあるが、基本胡桃《くるみ》さんが笑顔《えがお》で景色を見ている姿の写真だった。

「い、いつの間に撮《と》ってたの⁉」

「いつの間にというか、常に撮《と》ってたよ。胡桃《くるみ》さんはいついかなる時でも可愛《かわい》いから、気付けば無意識レベルでシャッターを押しているんだ」

「さ、さすがに恥《は》ずかしいんだけど……」

「ほら、これとか胡桃《くるみ》さんの魅力《みりょく》がぎゅっと詰《つ》まった一枚だと思うよ！」

「もう！　わざわざ顔をアップにしなくていいから！」

「そんな。可愛《かわい》いのに……いや、ほんと可愛《かわい》いな。これ待ち受けにしてもいい？」

「だ、だめ！」

「えぇー」

あまりにもかわいい笑顔《えがお》だったので是非《ぜひ》ともホーム画面にセットしたかったのだが。

仕方がない。この写真は家に帰ったら写真立てを購入《こうにゅう》して枕元《まくらもと》に飾《かざ》るとしよう。

因《ちな》みに今のホーム画面も胡桃《くるみ》さん（昼食の姿）だったりする。

正直、選びたい写真が多すぎて困っちゃうね。

「せ、せめて、その……二人で映ってる写真にしてよ。わ、私単体はさすがに……」

口元を手で隠《かく》して告げる胡桃《くるみ》さん。

指の隙間《すきま》から見える口端《こうたん》は僅《わず》かに上がっていた。

「それじゃあ同じ写真をホーム画面にしよう！　それでどうかな？」

「そ、それなら……ん。いいよ？」

上目遣《うわめづか》いにこちらを見ながら了承《りょうしょう》してくれる胡桃《くるみ》さん。

「よし、それじゃあ早速《さっそく》どれにするか――」

二人で写真選びに取《と》り掛《か》かろうとしたところで、

「おーい、バカップル。ホテルの部屋に案内するからさっさとこ～い」

物部《もののべ》先生からの呼び声かかかった。

「そうだった……。それじゃあいいのがあったらまたLINEするね！」

「うん。私も探しとく」

そうして部屋は男女別のため、一時胡桃《くるみ》さんとお別れとなった。

2

この修学旅行中、俺がお世話になる部屋は六人部屋の和室だった。

桐島《きりしま》くん以外は話したことのないクラスメイトというだけの男子たち。

彼らと共に部屋に行き、畳《たたみ》の隅《すみ》っこに荷物を広げる。

「ホテルの和室についてるこの空間って何なんだろうな」

そう言って、桐島《きりしま》くんは畳《たたみ》とは障子で仕切られた窓際《まどぎわ》のフローリング空間を覗《のぞ》いた。

確かに、何の用途《ようと》で作られたのだろう。

ソファーチェアとローテーブルが置かれ、窓の外には夕焼けの京都が一望できる。

寺社仏閣もいいけれど、何気ない夕焼けの街並みを眺《なが》めるのも、やはり悪くない。

そんなことを思いつつ、夕食までの自由時間を桐島《きりしま》くんとだべって潰《つぶ》していると、不意に同室の男子が声を上げた。

「おーい、浴衣《ゆかた》あるけど着る？」

「晩飯に着て行っていいんだっけ？」

「部屋着か浴衣《ゆかた》でいいって言ってたし、いいんじゃね？」

浴衣《ゆかた》を漁《あさ》る男子たちを遠巻きに見ていると、

「せっかくだし俺たちも着るか」

そう桐島《きりしま》くんに誘《さそ》われた。

断る理由もないので俺たちも着替《きが》える。

正直、浴衣《ゆかた》って足元がスースーして落ち着かないんだよなぁ。

なんて思いながら着替《きが》えていると、着替《きが》え終わった一人が話しかけてきた。

「なぁ、笠宮《かさみや》！」

おちゃらけた雰囲気《ふんいき》の彼は確か――

「えーっと……なに？　阿坂《あさか》くん」

危ない危ない。いくら胡桃《くるみ》さん以外は基本アウトオブ眼中とは言え、同室のクラスメイトの名前を忘れかけていた。

彼の名前は阿坂健次《あさかけんじ》くん、だったはず。

桐島《きりしま》くんほどではないが顔は整っていて、バレー部だかバスケ部だかに所属していたはず。

個人的な印象は、良く言えばクラスのムードメーカーで、悪く言えば剽軽者《ひょうきんもの》。

……いや別に、悪く言う必要はないのだが。

阿坂《あさか》くんとはほとんど話したことないというのに、気さくな様子で尋《たず》ねてきた。

「笠宮《かさみや》って古賀《こが》さんと付き合ってんだよな？　どっちから告ったの？」

突拍子《とっぴょうし》もない質問に一瞬《いっしゅん》面くらう。

……ふむ、しかしこれは。

「いわゆる恋《こい》バナ的なやつ？」

「そそ、男だけのむさ苦しい恋《こい》バナ」

「参加したくないなぁ」

「まぁまぁそう言わずにさ。この部屋の中でお前は唯一《ゆいいつ》の彼女持ちなんだ。作り方をご教授してくれよ～」

わざとらしくへりくだってみせる阿坂《あさか》は、しかし一度同部屋の男子をぐるりと見渡《みわた》してから、俺と、それから桐島《きりしま》くんにどこか羨望《せんぼう》にも似た視線を向けた。……なんだ？

疑問に思うこちらに対し、しかし彼は再度人好きのする笑《え》みを浮《う》かべる。

「まぁ、なんだ。彼女云々《かのじょうんぬん》は置いておくにしても、せっかくの修学旅行なんだしさ、ほとんど話したことないけど仲良くしようぜって、つまりはそんな感じ」

それが本音であることは、間違《まちが》いないだろう。

それだけが本音とは限らないだろうが。

まぁ、そこを追及する必要はないだろう。

俺は口端《こうたん》を持ち上げて、ひとまずは彼らの期待に応えるとする。

「あぁ、構わないよ。こっちも楽しい思い出にしたいしね。……それじゃあまずは手始めに
胡桃《くるみ》さんがいかに可愛《かわい》いかということを――！」

「まずいっ、逃《に》げろ！　二時間は聞かされるぞ！」

口を開きかけたら桐島《きりしま》くんにものすごい勢いで阻止《そし》されてしまった。

そんな……頑張《がんば》って一時間にするからダメ？　……あ、ダメ。はい。

落ち込んでいると部屋に物部《もののべ》先生がやってきて、夕食の時間になったことが伝えられる。

俺は若干《じゃっかん》落ち込みつつも部屋を後にするのだった。

☆

夕食も終えて、部屋に戻《もど》ってくると布団《ふとん》が敷《し》かれていた。

同部屋の男子連中がさっそく場所争奪戦《そうだつせん》を繰《く》り広《ひろ》げている。

俺はバレないようにそっと窓際《まどぎわ》の端《はし》っこを確保した。

隣《となり》に桐島《きりしま》くんが腰掛《こしか》ける。

「時間が早かったから腹に入るか不安だったが……まぁ、余裕《よゆう》だったな」

「観光で歩き回って疲《つか》れたからね。にしても早く風呂《ふろ》に入りたい」

夕食が開始されたのは六時半。

観光途中《とちゅう》でつまみ食いなんかをしていたら危なかった腹具合である。

そんなわけで現在時刻は八時前。そろそろお風呂《ふろ》の時間だ。

「汗《あせ》もかいたしな」

いくら寒い季節とは言え、厚着して歩けば汗《あせ》もかく。

早く流してさっぱりしたいものだ。

そう考えていると、部屋の扉《とびら》がノックされた。

なんだ？　と同部屋の阿坂《あさか》くんがドアを開けると、そこには物部《もののべ》先生の姿。

「あれ、もう風呂《ふろ》の時間っすか～？」

阿坂《あさか》くんが尋《たず》ねると物部《もののべ》先生は申し訳なさそうな表情で答えた。

「あー、そのことなんだが……すまん。学年全体で大浴場を使うと混雑して間に合わないことが分かった。そこで奇数《きすう》のクラスは部屋風呂《ぶろ》で済ましてくれということになってだな……」

「え、えぇっ⁉」

驚嘆《きょうたん》の声を上げる阿坂《あさか》くん。俺だって同じ思いである。

だって我らのクラスは二年三組――バリバリ奇数《きすう》のクラスだったから。

俺は立ち上がって物部《もののべ》先生に食って掛《か》かる。

「へ、部屋風呂《ぶろ》って本当ですか⁉」

「あ、あぁ。すまん……俺が、俺がじゃんけん弱いばかりにっ……！」

おそらく先生たちはじゃんけんで勝敗を決めたのだろう。

「そ、そんな……じゃあ先生はこの大学生の一人暮らしみたいな狭《せま》いバストイレ一体の部屋風《ぶ》呂《ろ》に代わる代わる六人も入れと、そうおっしゃるんですか⁉」

「ぐぅっ……！　も、もう決まったことなんだっ！」

そう言い残し去っていく物部《もののべ》先生。

俺はショックのあまり膝《ひざ》から崩《くず》れ落《お》ちる。

「……嘘《うそ》だ」

「まぁ仕方ねぇよ。背中流してやろうか？」

「狭《せま》いバスタブに二人は無理だよ、桐島《きりしま》くん」

彼の不器用なフォローに何とか気を取り直す。

部屋を見ると同部屋の男子がしぶしぶといった様子で風呂《ふろ》の順番を決めていた。

ふと、ドアの外から声が聞こえて顔を出してみると、そこには偶数《ぐうすう》クラスの連中が大浴場へと向かって行く姿。羨《うらや》ましすぎる。

そんな彼らを俺は指を咥《くわ》えて見ているしかないのか？　あまりにも理《り》不《ふ》尽《じん》じゃないか。

視線を部屋の中に戻《もど》すと、今度は風呂《ふろ》の順番が決まっていた。

参加しなかった俺はもちろん最後。

自分の番が回ってくるまで早くても一時間といったところか。

「………よし」

「どうしたんだ？」

「大浴場行ってくるわ」

「いや、でも部屋で済ませろって――」

「桐島《きりしま》くん！」

怖気《おじけ》づく彼の肩《かた》を摑《つか》み、その澄《す》んだ瞳《ひとみ》をまっすぐ見つめて、俺は真剣《しんけん》な声色《こわいろ》で告げた。

「人多いし、多分バレないって」

最低な甘言《かんげん》を。

桐島《きりしま》くんは口元に手を当てて暫《しば》し熟考すると、ぼそりと呟《つぶや》いた。

「……まぁ、他の生徒に交じって入るだけだし……バレてもそこまで怒《おこ》られねぇか」

「ああ」

ニヤリと笑《え》みを浮《う》かべた彼にニヒルな感じに頷《うなず》いてみせる。

気分はさながら映画に出てくる密売人。

桐島《きりしま》くんとの密談を終え、着《き》替《が》えと部屋に備え付けられていたバスタオル、フェイスタオルをカバンに入れて、いざ出陣《しゅつじん》っ——と。

「おいおい、待ちな」

「「……っ！」」

部屋の入口の柱に背を預け、ダンディズム溢《あふ》れる声色《こわいろ》で呼び止めたのは阿坂《あさか》くん。

まさか、先生に告げ口するつもりじゃ……っ！

そんなこちらの表情を読んだのか、阿坂《あさか》くんは不敵に口端《こうたん》を吊《つ》り上《あ》げて——。

「俺もお供しようじゃねぇか」

「……あぁ」

「歓迎《かんげい》するぜ」

どう考えても修学旅行で変なテンションになっていた。

☆

大浴場には思いのほかすんなりと入ることが出来た。

一概《いちがい》に偶数《ぐうすう》クラスの生徒と言っても、早風呂《はやぶろ》の者もいれば長風呂《ながぶろ》の者もいる。

脱衣所《だついじょ》周りはかなり人が多くて紛《まぎ》れやすかった。

「みんなもう出たのか結構空いてるな～」

などとぼやきながら桐島《きりしま》くんが浴衣《ゆかた》を脱《ぬ》ぐ。

腹筋バキバキだった。さすがサッカー部。

「にしても、笠宮《かさみや》って大胆《だいたん》なんだな。こういうことしないやつだと思ってた」

そう言って阿坂《あさか》くんも服を脱《ぬ》ぐ。

こちらもバキバキだ。さすが運動部。

「それを言うなら、阿坂《あさか》くんが俺に話しかけてきたことの方が意外だと思ったよ」

俺も浴衣《ゆかた》を脱《ぬ》いで籠《かご》の中に放り込む。

俺の腹筋は、まぁ可もなく不可もなく。

胡桃《くるみ》さんに見合う男になるために一般的《いっぱんてき》な筋トレをしていた成果だった。

タオルを腰《こし》に当てていざ大浴場へ。

引き戸を開けるとそれなりの大きさの内風呂《うちぶろ》が広がっていた。

入口すぐ横にはサウナがあり、奥手《おくて》には露天風呂《ろてんぶろ》へと続く扉《とびら》まである。

「これに入らせないとか、学校を訴《うった》えても勝てるんじゃないだろうか?」

真剣《しんけん》にそんなことを思いつつ、しっかり身体《からだ》を洗ってから湯船に入る。

「「「あぁ～」」」

風呂《ふろ》に入ると声が出るのは何故《なぜ》なのだろう。

「でかい風呂《ふろ》はいいなぁ」

「それな」

足を伸ばしてぼやく桐島《きりしま》くんと、同調する阿坂《あさか》くん。

まったくもって同意しかない。

俺たち以外の生徒はもう出ているのか、人影《ひとかげ》はまばら。

今風呂《ふろ》に入っているのはかなり後半組ということなのだろう。

しばらく三人並んで浸《つ》かっていると、気付けば俺たちだけになっていた。

偶数《ぐうすう》クラスの生徒は俺たちより先に入っているので必然であるが……しかし、ほぼ貸し切りというのはなかなかに気持ちがいい。

「なぁ、ちょっとサウナ行かね？」

と、言い出したのは阿坂《あさか》くん。

彼とはこの修学旅行で話したのが初めてだというのに、何だろうかこの親近感は。

普段《ふだん》喋《しゃべ》らない生徒ともなんとなく話ができる。

これが修学旅行というやつか。

「いいよ」

「んじゃ、俺も」

俺が首肯《しゅこう》すると、桐島《きりしま》くんも後を付いてきた。

三人でサウナに入って座る。

暫《しばら》くするとじわじわと汗《あせ》が噴《ふ》き出《だ》してきて、息苦しいのにどこか心地《ここち》いい。

サウナは不思議な施設《しせつ》だ。

パチパチと焼石が弾《はじ》ける音に耳を傾《かたむ》けていると、不意に阿坂《あさか》くんが口を開いた。

「……あのさ、二人に相談があるんだけど」

「どうしたんだ？　阿坂《あさか》」

「……」

小首を傾《かし》げる桐島《きりしま》くんに対し、俺はおおよそ彼の相談内容が分かっていた。

阿坂《あさか》くんもそれを察知したのだろう。

彼は俺を一瞥《いちべつ》したのち、僅《わず》かに唇《くちびる》をかみしめるととつとつと語り始めた。

「笠宮《かさみや》は気付いてるよな？　さっきも言ってたぐらいだし」

「さっき？」

桐島《きりしま》くんが不思議そうにこちらを見てきた。

俺が無言で阿坂《あさか》くんに視線をやると、彼は自嘲《じちよう》するように口元を歪《ゆが》めた。

「『俺に話しかけてきたことの方が意外だと思った』……か。まったくだな」

阿坂《あさか》くんはため息を一つついて、続けた。

「笠宮《かさみや》はさ、俺のこと嫌《きら》いだろ？」

「……」

無言を返すも、彼はつづけた。

「何せ——俺のせいで、小倉《おぐら》はあんなことになったんだから」

それは約三週間前。

クラス内の悪意ある空気が、小倉《おぐら》という女子生徒ただ一人に向かったあの日のこと。

席替《せきが》えというなんてことはない日常の中で、

彼は——阿坂《あさか》くんは——剽軽者《ひょうきんもの》は——最初の一言を口にした。

『俺、小倉《おぐら》の隣《となり》の席になったら虐《いじ》められちゃうよ〜』

と。

あの状況《じょうきょう》で、あのセリフ。

ウケ狙《ねら》いにしても、たとえ相手が虐《いじ》めを行っていた小倉《おぐら》だとしても——完全にアウトだ。

「俺は小倉《おぐら》のことを嫌《きら》っている」

「そうなのか？　……いや、それでも、お前は俺を許せないだろ？」

「そうだね。あれは俺の嫌《きら》いな行動だったし、阿坂《あさか》くんのことは軽蔑《けいべつ》したよ」

なにせあれは、俺が何よりも嫌《きら》っていること。

——虐《いじ》めの、始まりを告げる言葉だったのだから。

「……だよな」

阿坂《あさか》くんは膝《ひざ》に肘《ひじ》を置いて顔を伏《ふ》せる。

彼の髪《かみ》の先端《せんたん》から汗《あせ》の粒《つぶ》がぽつぽつとサウナの床《ゆか》を濡《ぬ》らした。

「で、相談っていうのはなに？」

「……っ」

「俺に嫌《きら》われてることを確かめたかったわけじゃないでしょ？」

「そりゃあ、まぁ……」

阿坂《あさか》くんはしばらく口をまごつかせてから、伏《ふ》せていた顔を上げてこちらを見やった。

「お、俺は……小倉《おぐら》に謝罪するべき、なんだろうか？」

「……はぁ？」

意味の分からない言葉に思わず素《す》っ頓狂《とんきょう》な声が出た。

「俺は、俺は本当に最低なことをした。謝罪したい。だけど、謝罪してもいいのだろうかと、そう思ってしまう。傷つけたことには変わらない。どう償《つぐな》うこともできない。だからこれはただ、自分の罪悪感を減らすための利己的なものなのかもって思えて——だからっ」

「でも、小倉《おぐら》は胡桃《くるみ》さんに謝罪したよ」

「——っ」

阿坂《あさか》くんは面食らったように目を見開いた。

何を驚《おどろ》くことがあるのかと思わないでもないが、きっと彼は悩《なや》み過《す》ぎたのだろう。事が事だけに誰《だれ》かに相談することも憚《はばか》られる。一人で悩《なや》みに悩《なや》み続《つづ》けて、そしてドツボにはまってしまった。

俺は続ける。

「悪いと思ってるなら謝罪するべきじゃないかな？　許してもらえるかどうかは別として。だって──それしかないでしょ？」

「……」

阿坂《あさか》くんは無言で顎《あご》に手を当てて瞑目《めいもく》。

逡巡《しゅんじゅん》の後に大きく息を吸い込むと──咽《む》せた。

サウナの中で深呼吸などするからだ。

「──けほっ。すまん、その通りだ。っけほ。ありがとう笠宮《かさみや》」

「別に、思ったことを言っただけだよ」

「そうか……そうだな。……なぁ、良ければ謝罪の場を──いや、なんでもない」

誤魔化《ごまか》すように首を振《ふ》ると、彼は立ち上がる。

「先に上がるよ」

告げて、阿坂《あさか》くんはサウナを後にした。

どうなるかは分からないけれど、いい方に転ぶことを陰《かげ》ながら応援《おうえん》しておこう。

少なくとも、悪い方に転がるよりはマシなのだから。

☆

「のけ者だったんだけど？」

「ご、ごめんって桐島《きりしま》くん」

「……まぁ、いいけどさ。それより露天《ろてん》行かね？」

「そうだった！　まだ露天風呂《ろてんぶろ》があるんだった！」

俺たちはサウナを出て、一度シャワーで汗《あせ》を流してから露天風呂《ろてんぶろ》へと向かう。

外に出ると十一月下旬《げじゅん》の冷たい空気が身体《からだ》の熱を一気に奪《うば》い去《さ》っていった。

俺たちは大急ぎで湯船に浸《つ》かる。

「あったけぇ」

「だなぁ」

気の抜《ぬ》けた声で人心地《ひとごこち》。

ぼんやりと夜空を眺《なが》める。

都会のためか星はあまり見えないが、月は綺麗《きれい》に見えていた。

昼間晴れてたしね。

「にしても、阿坂《あさか》も色々考えてたんだな」

「だねぇ」

「俺、あいつと結構話すけど、あんな真剣《しんけん》なの初めてだ。よほど後悔《こうかい》してたんだろな」

「だろうねぇ」

桐島《きりしま》くんの言葉にまったり相槌《あいづち》を返しつつ、俺は今日ずっと——いや、あの班決めの時からずっと疑問に思っていたことを尋《たず》ねてみることにした。

阿坂《あさか》くんが胸の内を吐露《とろ》した今なら答えてくれるかもしれないと思ったからだ。

「で、桐島《きりしま》くんはどうして同じ班になったり、今日みたいに一緒《いっしょ》に行動してくれたの？」

一瞬《いっしゅん》の間。

「……どうした、急に？」

「一緒《いっしょ》に回りたいと思ったたって言ってたけど、それだけじゃないでしょ？」

「…………」

桐島《きりしま》くん——彼は俺の良き友人である。

しかし、こと胡桃《くるみ》さん関連のことに関しては常に我関せずを貫《つらぬ》いてきていた。

浮《う》いている胡桃《くるみ》さんに表立って話しかけることはないし、だからと言って他のクラスメイト同様奇異《きい》の視線を向けることもない。裏で俺たちをフォローしてくれることはあるが、俺や小《お》倉《ぐら》を助けた胡桃《くるみ》さんのように、真正面から関わるようなことはなかった。

彼はただ、人目があるところでは関係しない。

それだけを貫《つらぬ》いていたのだ。

でも俺は気にしていなかった。彼には彼の生活があるのだから。

変に手を出して、彼の人間関係を、高校生活を壊《こわ》す必要はない。

むしろ、裏で色々助けてくれているだけで十分以上だった。

だからこそ、今回の修学旅行に付随《ふずい》する行動が解《げ》せない。

昼間はぐらかされたが、もう逃《に》がさないと意思を固めて桐島《きりしま》くんを見る。

「そうだなぁ」

桐島《きりしま》くんは大きく息を吐《は》くと、頭に載《の》せていたタオルを手にして立ち上がった。

「とりあえず、そろそろ出るか。さすがにのぼせそうだ」

ハッとして備え付けの時計に目をやると入浴を始めてから一時間が経過していた。

……ふむ。

「まったくもってその通りだね」

意志を固めて約五秒、早速《さっそく》逃《に》げられちゃったぜ。

急いで露天《ろてん》から出て脱衣所《だついじょ》で身体《からだ》を拭《ふ》いていると、腰《こし》にバスタオルを巻いた桐島《きりしま》くんがぽつぽつと語り始めた。

「別に大した理由じゃないんだ」

「え？」

「さっきの続き」

桐島《きりしま》くんは自身の着替《きが》えを籠《かご》から取り出し、続ける。

「まぁなんだ。もう傍観者《ぼうかんしゃ》で居たくなかったんだよ。古賀《こが》が苦しんでいるのを見て、お前が苦しんでいるのを見て、小倉《おぐら》が苦しんでいるのを見て。見て、見て、見ているだけ」

「……」

「俺に助けられたかなんてのはわからない。助けられたなんて傲慢《ごうまん》なことも言わない。……でも、助けるべきだったんじゃないかって、そう思うんだ。そう、思ってしまうんだ。――特にお前を見ていると」

「……俺？」

桐島《きりしま》くんは首肯《しゅこう》する。

「あぁ……。どうなるかわからない。だけど助けたい。その一心で古賀《こが》を助けたお前。それに古賀《こが》も同じだ。元は自分を虐《いじ》めていた女を、周りの目を気にせず助けた。助けてしまった」

桐島《きりしま》くんは浴衣《ゆかた》に袖《そで》を通しながら続ける。

「できないかもしれないけど、何もかも放り出して助けてしまったお前や古賀《こが》を見ていると、俺は俺が恥《は》ずかしかった。ただ見ているだけの自分に嫌気《いやけ》がさした。……だから、お前たちと行動している。そんな利己的な考えが理由だよ」

どうなるか分からないから手を出せなかった桐島《きりしま》くんは、俺が『助けた』という結果を残したからこそ、きっとその後悔《こうかい》を強くしているのだろう。

話し終えた彼は、大きく息を吐《は》くと備え付けのドライヤーで髪《かみ》を乾《かわ》かし始める。

俺も浴衣《ゆかた》を身に纏《まと》って、隣《となり》で髪《かみ》を乾《かわ》かした。

終わると、二人揃《そろ》って脱衣所《だついじょ》を後にする。

暖簾《のれん》を潜《くぐ》れば目の前には畳《たたみ》の休憩《きゅうけい》スペースがあり、自販機《じはんき》が併設《へいせつ》されていた。

俺は財布《さいふ》を出してコーヒー牛乳を二本購入《こうにゅう》。

一本を桐島《きりしま》くんに渡《わた》し、畳《たたみ》に腰掛《こしか》けた。

「桐島《きりしま》くんの行動は素直《すなお》に嬉《うれ》しいと思うよ。たとえ利己的でも、結局のところ根底にあるのは俺たちへの心配だからね。……でも、それでキミの行動を制限する必要はない」

「……けど」

それでも気が済まないのか、悔《くや》しそうに顔を歪《ゆが》めてコーヒー牛乳の瓶《びん》を握《にぎ》りしめる桐島《きりしま》くん。

俺は瓶《びん》の蓋《ふた》を開けて口を付けた。甘ったるい味わいが口の中に広がる。

ごくりと嚥下《えんげ》し喉《のど》を潤《うるお》してから、桐島《きりしま》くんに向かって笑《え》みを向けた。

「それでも桐島《きりしま》くんの気が済まないなら……今度は空気を読まずにキミに助けを求めるよ」

「――っ」

桐島《きりしま》くんは大きく目を見開いて、こちらを見た。

「だから俺たちに気を使わなくても大丈夫《だいじょうぶ》。桐島《きりしま》くんにも好きなように楽しんで欲しい」

言い終えると、彼は僅《わず》かに瓶《びん》を握《にぎ》る手を強め——蓋《ふた》を開け一気にコーヒー牛乳を飲み干した。

「——ぷはっ。……あぁ、分かったよ」

「それは良かった」

「けど、お前は一つ勘違《かんちが》いをしているぜ」

「勘違《かんちが》い？」

何のことかと小首を傾《かし》げると、彼は今までに見たことがないほどの気持ちのいい笑《え》みを浮《う》かべて、堂々と告げた。

「俺はもう、充分《じゅうぶん》楽しんでるってことだよ」

「……っはは、それはもっとよかった！」

「だな。……くくっ」

二人で一通り笑い合ってから、俺たちは部屋に戻《もど》った。

3

時刻は夜の九時過ぎ。

就寝《しゅうしん》時間まで一時間を切った現在、俺はこの修学旅行のとある目的を達成するために、ホテルのロビーに下りてきていた。

目的地はただ一つ。

(売店まだ開いててよかった〜)

俺は目的地である売店に小走りで向かった。

ここに来た理由は言わずもがな、マイシスターへのお土産《みやげ》探しである。

日中も様々な土産物店《みやげものてん》を探したが、これといったものが見つからず、いまだにどれも保留状態だったのだ。

売店ならメジャーな土産物《みやげもの》がある程度揃《そろ》っているだろう、との考えで出てきたのだが……。

陳列《ちんれつ》の棚《たな》を見る。

地ビール、地酒、つまみ……このコーナーじゃないな。

酒コーナーから離《はな》れて土産物《みやげもの》をチェック。

大半がお菓子《かし》類で、名産が少し。

まぁこんなものか……って、お茶安いな。ホテル内の自販機《じはんき》より良心的だ。

ぼんやりと土産物《みやげもの》を眺《なが》めていると、ふと聞き覚えのある声が耳朶《じだ》を叩《たた》いた。

「えっ……?」

「むむっ、その声は聞《き》き紛《まが》うことのない胡桃《くるみ》さんの声——ちょっと写真を一枚」

「なんでよっ!」

振《ふ》り返《かえ》ったところに立っていたのはホテルの浴衣《ゆかた》に袖《そで》を通した胡桃《くるみ》さんだった。

上から茶羽織《ちゃばおり》を着ている。初めて見る和の様相に思わず見惚《みと》れてしまう。

どこかさっぱりした表情からきっとお風呂上《ふろあ》がりなのだろう。

非常に似合っていて、二人きりなら押し倒していたかもしれない。

「なんでって、似合ってるから？」

「……はぁ、一枚だけよ？」

やったぜ。ため息を伴《ともな》っていたが、了承《りょうしょう》をいただいたのでさっそく一枚。

大変可愛《かわい》らしい写真が出来上がった。

ほくほくと満足していると、胡桃《くるみ》さんは口をへの字に曲げる。

「なんか、いつもあんたばっかりズルい……わ、私にも撮《と》らせなさいよ！」

「え、えぇっ。俺なんか撮《と》っても――」

「う、うるさいわね！　……か、彼氏《かれし》の写真欲しいって思ったらダメなの？」

頰《ほお》を染めながら見つめてくる胡桃《くるみ》さん。

そんな目で見つめられれば断れるはずもなく……。

「わかった、何枚でも取っていいよ！　なんなら脱《ぬ》ごうか？」

「いらない！」

鍛《きた》えてきた腹筋の見せ所と思ったが、拒絶《きょぜつ》されてしまった。当たり前だね。

突発開催《とっぱつかいさい》の撮影会《さつえいかい》が終わったところで、俺は尋《たず》ねる。

「ところで胡桃《くるみ》さんはどうしてここに？」

「ん？　……んー、まぁ多分あんたと同じ理由、かな？　霞《かすみ》ちゃんへのお土産《みやげ》に何かないかなあって見に来たの」

「気配りが行き届きすぎて凄《すご》すぎる」

「べ、別に……霞《かすみ》ちゃんに喜んで欲しいだけだから」

「胡桃《くるみ》さん……っ、好き！」

感極《かんきわ》まって抱《だ》きしめるが、

「も、もう！　離《はな》して！」

一瞬《いっしゅん》で引《ひ》き剝《は》がされてしまった。

胡桃《くるみ》さんは俺をジトっとした目で睨《にら》んだ後、頰《ほお》を膨《ふく》らませるてピッと俺の顔を指さした。

「人前でべたべたしちゃダメ！」

「で、でも溢《あふ》れ出《で》る愛が――」

「抑《おさ》えて」

「気持ちを伝えたくて――」

「伝わってるわよ！　……もう」

彼女は大きくため息をこぼすと、突然《とつぜん》俺の手を取ってロビーの隅《すみ》――人気のない突《つ》き当《あ》たりに連れ込んだ。

近くにあるのはたばこを販売《はんばい》する自販機《じはんき》のみ。

驚《おどろ》きのあまり喫煙者《きつえんしゃ》は大変だねぇ、なんて場違《ばちが》いなことが一瞬脳裏《いっしゅんのうり》を過《よぎ》る。

「──ねぇ」

凛《りん》とした鋭《するど》い声と共に、壁際《かべぎわ》に追いやられ──ドン。

こ、これは……逆壁《かべ》ドン？

真剣《しんけん》な表情の胡桃《くるみ》さんのすぐ目の前に。その距離《きょり》は鼻先が当たってしまいそうなほど近くで、彼女の呼吸を肌《はだ》で感じられた。

綺麗《きれい》な瞳《ひとみ》に整った鼻梁《びりょう》、瑞々《みずみず》しい唇《くちびる》に絹のように美しい肌《はだ》。

俺が何年も想《おも》い焦《こ》がれ続けていた彼女に、まっすぐ見つめられている。

そう思うと自然と顔に熱が昇《のぼ》るのを感じた。

……生唾《なまつば》を飲み込む。

「ど、どうしたの胡桃《くるみ》さ──っん!?」

戸惑《とまど》っていると、唐突《とうとつ》に唇《くちびる》を奪《うば》われた。

柔《やわ》らかい感触《かんしょく》だとか、いい香りだとか、そういうことを考える前に驚《おどろ》きが先行。

そして驚《おどろ》いている間に、胡桃《くるみ》さんは唇《くちびる》を離《はな》す。

その顔はリンゴのように真っ赤に染まっていた。

「く、胡桃《くるみ》さん⁉」

「……ひ、人前では、あんまりべたべたしないで。その……恥《は》ずかしいの」

「う、うん。ごめん。そんなに嫌《いや》だったなんて――」

「い、いや、その……あんたの行動が嫌《いや》とかそういうのじゃなくて……あ、あんた以外に、あんまり見られたくない、って言うか、あんたにしか見せたくない……って言うか。……重い？」

不安に揺《ゆ》れる瞳《ひとみ》で俺を見つめてくる胡桃《くるみ》さん。

なるほど、確かに重いかもしれない。

でも愛する人からそれほどの想《おも》いを向けられて嬉《うれ》しくないわけがない。

俺は首を横に振《ふ》って、胡桃《くるみ》さんを抱《だ》きしめた。

「そんなことないし、俺はすごく嬉《うれ》しいよ！」

「……ん。その……二人きりの時だと、素直《すなお》になれるから。だから……ね？」

「わかった。出来るだけ自重するよ」

「ほんとにー？」

今度は打って変わって訝《いぶか》し気《げ》な目を向けてくる胡桃《くるみ》さん。

「信用ないなぁ。こんなに胡桃《くるみ》さんのことを愛しているというのに」

「これだけ私のことを好きでいてくれてるって信用してるから信じられないのよ」

「確かに」

「納得《なっとく》するな」

ジッと見つめてくる胡桃《くるみ》さん。見つめ返すと、照れたように顔を逸《そ》らした。なので彼女の頰《ほお》に手を当てて正面を向かせる。再度視線が合い、胡桃《くるみ》さんは僅《わず》かに顎《あご》を上げた。

「好きだよ」

「知ってる」

瞳《ひとみ》を閉じて待つ彼女に、俺は僅《わず》かに緊張《きんちょう》を抱《いだ》きつつ応えるのだった。

☆

数分後、バレないように突《つ》き当《あ》たりから出て売店の物色を再開した。

なるほどこれが生八《なまや》ツ橋《はし》かーおいしそうだなぁ。

こっちは抹茶《まっちゃ》のクッキー、おっ、これは抹茶《まっちゃ》のチョコレートか。

霞《かすみ》が喜びそうだなぁ。うん。

…………。

「ごめん、霞《かすみ》。お兄ちゃん今真剣《しんけん》に考えられないや」

「へっ、変なことを霞《かすみ》ちゃんに謝らないでっ……、わかるけどっ！」

思い出したのかお菓子《かし》片手に顔を真っ赤にした胡桃《くるみ》さんは、

「〜っ！　は、はずっ、はずっ！　なんであんなこと……うぅ、あわぁぁぁあっ！」

頭を抱《かか》えてしゃがみ込んでしまった。

悶絶《もんぜつ》している胡桃《くるみ》さんも可愛《かわい》いな、なんて思いつつ、しかしさすがに弄《いじ》るほどの余裕《よゆう》は俺も持ち合わせていなかった。むず痒《がゆ》いのと罪悪感と言うか、背徳感と言うか、やってしまった感がマッハ。

帰ったらもう一度霞《かすみ》に謝っておこう。あ、あと——。

「ごめんなさい、ホテルの人」

「そこまでしてないでしょ⁉」

確かにキスしかしてないけども。

後悔《こうかい》なのか興奮なのか、よく分からない胡桃《くるみ》さんの小さな悲鳴が売店の一角に響《ひび》くのだった。

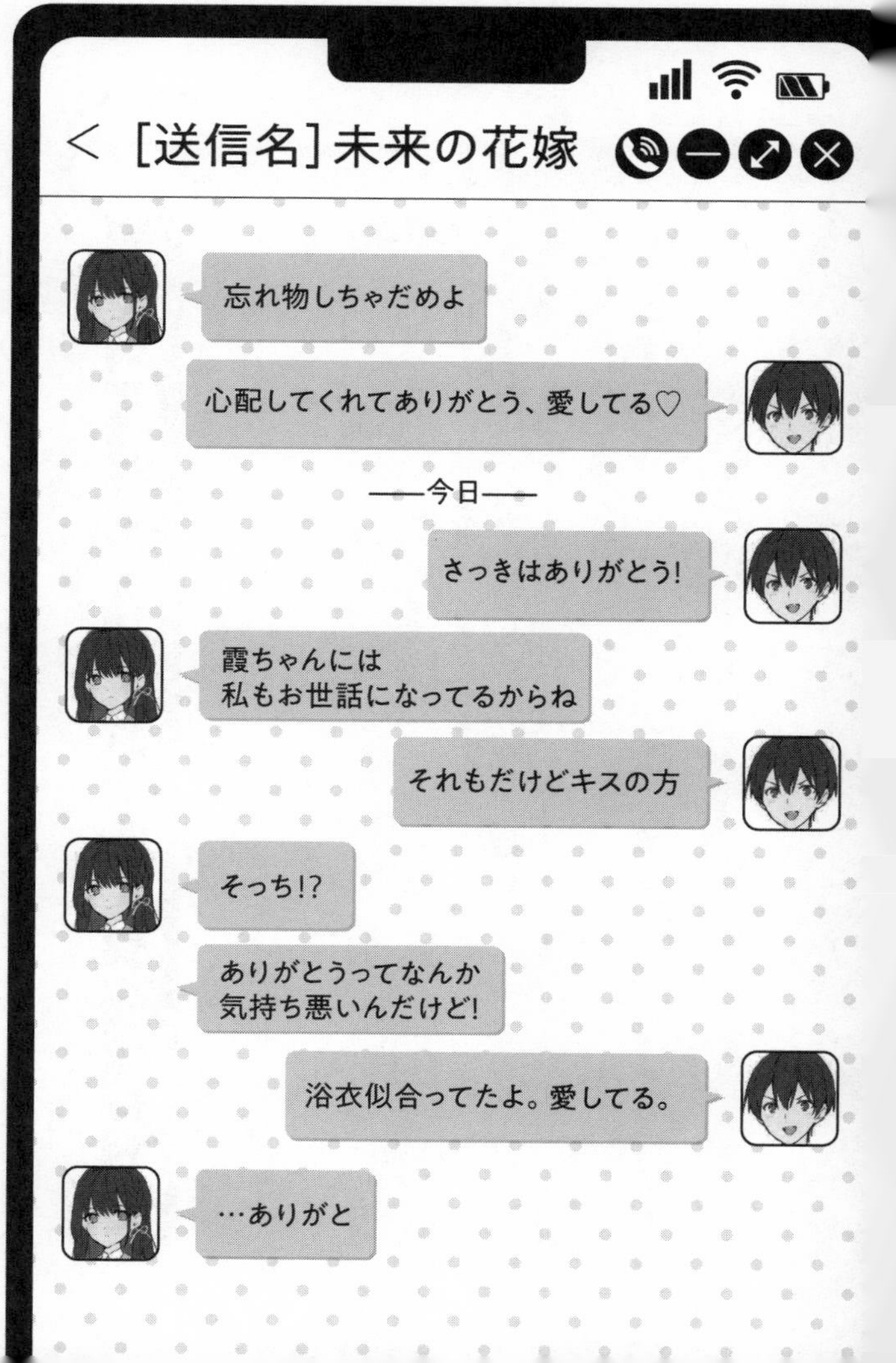

＜ [送信名]未来の花嫁
忘れ物しちゃだめよ
心配してくれてありがとう、愛してる♡
——今日——
さっきはありがとう!
霞ちゃんには
私もお世話になってるからね
それもだけどキスの方
そっち!?
ありがとうってなんか
気持ち悪いんだけど!
浴衣似合ってたよ。愛してる。
…ありがと

第三章 修学旅行二日目

1

酷《ひど》い空腹と共に目が覚めた。

昨日の晩御《ばんご》飯《はん》が早すぎたんだよなぁ、なんて寝惚《ねぼ》け眼《まなこ》を擦《こす》りつつ大きく伸《の》び。

部屋をぐるりと見まわすと、同室の男子は雑魚寝《ざこね》部屋と勘違《かんちが》いしたのではないかと思うほどに適当な位置で寝転《ねころ》がっていた。

思い起こせば昨夜は何かと騒《さわ》いでいた気がする。

俺は胡桃《くるみ》さんとの突発的《とっぱつてき》キスでドキドキしていたので、話半分にしか聞いていなかったが。

あくびを噛《か》み殺《ころ》しながら洗面所へ行き顔を洗う。

寝《ね》ぐせを整えたところで桐島《きりしま》くんがやって来た。

「うっす」

「おはよう桐島《きりしま》くん。眠《ねむ》そうだね」

「いつもは朝練があるから気にしないんだが、ないと思って寝《ね》るとダメだな。無限に寝《ね》れる」

普通《ふつう》はない日でも早起きしてしまうと後悔《こうかい》しそうなところだが、彼は逆らしい。

歯を磨《みが》いてから洗面所を後にして、何気なく外を見ると本日もいい天気。

太陽も燦々《さんさん》と輝《かがや》いていて……って、あれ？　ちょっと明るすぎない？

確か朝の六時半には朝食の会場に集合と予定表に書かれていた気がするが。

プチっとテレビのスイッチを入れると朝のニュース番組が放送されていた。

関西ローカルの見慣れないスタジオである。そして画面左上には時刻の表示。

「ふむ……」

「どうしたぁ？」

「いやぁ、その――」

『時刻は七時をお伝えします！　今日も元気に、いってらっしゃい！』

にこやかな女子アナの笑顔《えがお》と共に、遅刻《ちこく》の事実が周知された。

☆

朝食会場に到着《とうちゃく》すると同時に物部《もののべ》先生からのお説教。

遅刻《ちこく》するようじゃ、社会に出たらやっていけないぞ云々《うんぬん》。

いやぁ実に申し訳ないと謝罪を重ねると、さっさと食べてこいと呆《あき》れられた。

会場での食事は基本的に自由な席に着いて問題ない。

そうと決まれば胡桃《くるみ》さんの隣《となり》を狙《ねら》うのは必然である。

本当は昨夜の夕食の際も胡桃《くるみ》さんと食べようと思ったのだが、彼女は同室と思われる女子と食べていたので、しぶしぶ俺は阿坂《あさか》くんたちと食べたのだ。果たして本日は……と。

会場を見渡《みわた》すと遅刻《ちこく》してきたこともあってか、すでに食事を終えた生徒もそれなりに居たようで席はまばらに空いていた。それは胡桃《くるみ》さんの隣《となり》も同様の様子。

「おはよう、胡桃《くるみ》さん！」

「……おそい。待ってたのに」

そう語る彼女の皿は半分を少し過ぎた頃《ころ》。

すでに食事が始まって三十分以上も経《た》つだろうから、かなり待っていてくれたのだろう。

「ごめんね。胡桃《くるみ》さんとの逢瀬《おうせ》が非常に刺激的《しげきてき》だったもので、目がギンギンに冴《さ》えてなかなか寝付《ねつ》けなかったんだ。これってつまり胡桃《くるみ》さんが寝《ね》かせてくれなかったと言《い》い換《か》えてもいいね！」

「ば、ばかじゃないの⁉」

「男というのは好きな女の子の前では馬鹿になってしまう生き物なんだよ」

「あんたはいつもだと思うんだけど……」

「いつも見てくれているだなんて……っ！　嬉《うれ》しいよ胡桃《くるみ》さん！」

「ちょっ、ちょちょ！　昨日言ったこともう忘れたわけ⁉　もうっ！」

ふんっ、と顔を逸《そ》らしてベーコンを口に運ぶ胡桃《くるみ》さん。

因《ちな》みに朝食はバイキング形式。胡桃《くるみ》さんは洋食中心のようだった。

もぐもぐよく噛《か》んで食べる胡桃《くるみ》さんに相変わらず行儀《ぎょうぎ》がいいなぁ、と見惚《みと》れていると、彼女の横合いから低い声が掛《か》けられた。

「早く取ってきたら？」

「……わかってるよ」

至極《しごく》当たり前のことを告げたのは今朝もどこかローテンションの小倉《おぐら》だった。

やはり朝にめっぽう弱いのだろう。彼女の言う通りに行動するのは癪《しゃく》だが、腹が減ったのも事実。早速《さっそく》並んでいる料理の下へと向かおうとして――。

「あ、それと」

「なんだ？」

「……おはよ」

「…………お、おう」

うーむ、やはり何だか調子が狂《くる》うが……まぁいいか。

俺は大きく息をつくと、気を取り直して料理の下に向かった。

とりあえずは胡桃《くるみ》さんの食べていたベーコンを確保するとしよう。

☆

食事を終えると、一度部屋に戻《もど》って本日の準備を行う。

修学旅行二日目はそれぞれの班に分かれての自由行動だ。行く場所も各々《おのおの》で決定することが出来るという、まさにクラスメイトとのプチ旅行である。

浴衣《ゆかた》から制服に着替《きが》えを終え、桐島《きりしま》くんと共にロビーに下りる。

玄関口《げんかんぐち》にはすでに胡桃《くるみ》さんと小倉《おぐら》が待機していた。

二人仲良く話す姿に、どことなく心が温かくなるのを感じた。

「お待たせ！」

「ううん、待ってないよ」

「十分は待たされた」

「小倉《おぐら》は先に行ってくれてよかったのに」

「だからあたりが強いって。冗談《じょうだん》じゃん！」

「ははは、俺のも冗談《じょうだん》だ！」

互《たが》いに棒読みで愚痴《ぐち》り合《あ》う。

すると桐島《きりしま》くんが手を叩《たた》いて注目を集めて告げた。

「そこまでにしろー。とにかく、時間も有限なことだし、さっさと行こうぜ」

「「「おぉ～！」」」

そんな感じで修学旅行二日目の幕が上がった。

2

ホテルを後にした俺たちが足を向けたのは駅。

目的の路線を確認《かくにん》して電車に乗り込む。

途中《とちゅう》一度乗《の》り換《か》えを挟《はさ》みつつ電車に揺《ゆ》られること約一時間。

見知らぬ景色が窓の外を流れていくのを見たり、本日の行き先について話したりしていると、すぐに目的地に到着《とうちゃく》した。

胡桃《くるみ》さんは目の前の光景を見て、

「……事前に決めてたからわかってはいたけど……修学旅行でここ？」

と首をかしげて呟《つぶや》いた。

確かに、修学旅行と言うにはいささか疑問が残る目的地である。

何故《なぜ》なら、俺達が本日やって来たのは関東の某遊園地《TDL》と並び立つ、日本のもう一つの有名なテーマパーク――某遊園地《USJ》だったのだから。

わびさびの景色はどこへやら、昨日の京都とは似ても似つかぬ同所が本日の目的地であった。

「まぁまぁ、細かいことは気にしない方向で！　今日も楽しもうよ！」

「……そうね。でも、こういうところはあんまり来たことないからリードはお願いできる？」

そう言って胡桃《くるみ》さんはいたずらっ子のような笑《え》みを浮《う》かべて手を差し出した。文字通りリードして欲しい、ということなのだろう。

なので俺は彼女の手をゆっくりと取って、

「もちろん。一生涯胡桃《いっしょうがいくるみ》さんをリードしていくつもりだよ！」

「遊園地だけでいいんだけど⁉」

「またまた～照れちゃって！」

「て、照れてないけど⁉　あ、あと――」

息を荒《あら》くして否定の言葉を紡《つむ》いだ彼女は、しかし一度深呼吸して落ち着くと上目遣《うわめづか》いに俺を見て。

「……や、やっぱりなんでもない。行くわよ」

「え、ちょ、ちょっと！　すごい気になるんだけど⁉」

踵《きびす》を返して遊園地の入場ゲートへと向かう胡桃《くるみ》さんの手を引いて尋《たず》ねる。

すると彼女は下唇《したくちびる》を嚙《か》みしめ逡巡《しゅんじゅん》し、意を決してこちらを振《ふ》り向《む》くと、耳元に口を近付けて俺にだけ聞こえる程度の声量で囁《ささや》いた。

「……い、一生涯《いっしょうがい》に関してはリードじゃなくて、支え合う方向で」

「……っ⁉」

「わ、わかった⁉　そ、それじゃあ行くわよっ！」

突然《とつぜん》の告白に茫然《ぼうぜん》としていると、胡桃《くるみ》さんは逃《に》げるようにいそいそと入場ゲートへ足を向けた。一方の俺はすぐに軽いトリップ状態から抜け出せるわけもなく……ガシッと誰かに右肩《みぎかた》を摑《つか》まれ、現実に引《ひ》き戻《もど》された。

どちら様かなと視線を向けると、そこには渋《しぶ》い顔の桐島《きりしま》くん。

「何を言ってたのかは知らんが朝からはやめてくれ。胸焼けする」

いや、申し訳ない。

胸中で謝罪していると、今度は左肩《ひだりかた》に小倉《おぐら》が手を置いた。

「胡桃《くるみ》ちゃんが可愛《かわい》かったから、許す」

何をだよ。つーか肩《かた》痛い。力入れ過ぎなんだよ。

俺は一度大きく深呼吸して落ち着くと、胡桃《くるみ》さんの後を追って入場ゲートへと向かった。

☆

ゲートを潜《くぐ》ると園内は平日にも関わらず人でごった返していた。

俺たちと同じような高校生から大学生、大人に小学生ぐらいの子供まで。大盛況《だいせいきょう》だ。

マップを広げて四人で話し合った結果、まずはコースター系から制覇《せいは》していくことになった。

と言っても、一日では到底《とうてい》回り切れないので、その都度取捨選択《しゅしゃせんたく》していく必要はあるだろうが。

なに、別に今日一日で回り切る必要はない。

また胡桃《くるみ》さんと二人で……いや、四人で来ればいいだけの話だ。

「また、来たいね」

「今着いたばかりなんだけど⁉」

まったくである。

なんで終わりの雰囲気《ふんいき》を出してるんだ俺は。

とにかく俺たちは一番近いコースター系のアトラクションに向かった。

到着《とうちゃく》したのはドーム型の建物の中をジェットコースターが走るアトラクション。

混んではいるが一番人気や二番人気に比べるとそこまでではない。

待ち時間も、胡桃《くるみ》さんたちと話しているとすぐに過ぎ去っていった。こういうところ、遊園地はぼっちお断りだよなってつくづく思う。きっと暇《ひま》で仕方がないだろう。

しばらくして俺たちの番が回ってくると、係員に案内されてコースターに乗車。

お隣《となり》には少し緊張《きんちょう》した面持《おもも》ちの胡桃《くるみ》さんが座った。

「緊張《きんちょう》してる？」

「ま、まぁ。遊園地に来るの子供の頃《ころ》以来だし、その頃《ころ》は身長的な問題でこういうのはまだ乗れなかったから」

口をキュッと結ぶ胡桃《くるみ》さん。

実質初めてということらしい。

「じゃあ初体験ってわけだねっ！」

「確かにそうだけど、言い方！」

「大丈夫《だいじょうぶ》！　実は俺も初めてだけど、二人一緒《いっしょ》なら怖《こわ》くないよ！　仲良く一皮むけようね！」

「だから言い方！」

顔を赤くして吠《ほ》える胡桃《くるみ》さん。

そうこうしているうちに安全バーが下りてくる。

もう間もなく出発だ。

「も、もう……昨日も言ったけど、そういうのは二人きりの時に──っ」

「胡桃《くるみ》さん」

若干《じゃっかん》震《ふる》えていた彼女の手を握《にぎ》り、名前を呼ぶ。

驚《おどろ》いてこちらを見る胡桃《くるみ》さんに俺は笑いかけた。

すると彼女は小さく嘆息《たんそく》して、ぎゅっと握《にぎ》り返《かえ》してくれる。

「もう」

そんな風に呟《つぶや》く彼女は、すっかり安心したように笑《え》みをこぼしていた。

『では、出発します！　行ってらっしゃい！』

係員の声と同時にコースターは出発した。

☆

「も、もう一回！　もう一回乗らない!?」

アトラクションの出口から出てくるなり鼻息荒《あら》く告げた胡桃《くるみ》さんは、まるで子供のようにテンションが高かった。昨日も昨日で京都の街並みに興奮していた様子だったが、それとはまた違《ちが》った興奮の仕方である。

「ま、まぁまぁ胡桃《くるみ》ちゃん。アトラクションは他にもあるから、ね？」

「あっ、そ、そう、だね……」

小倉《おぐら》がジェットコースターでぼさぼさになった胡桃《くるみ》さんの髪《かみ》を整えながら告げると、胡桃《くるみ》さんは僅《わず》かに落ち込んだ様子で首肯《しゅこう》した。まるで楽しみにしていた遠足が雨で中止になった小学生のようである。可哀想《かわいそう》かわいいというやつだろうか。庇護欲《ひごよく》がビシバシと刺激《しげき》される。

そんな姿に、小倉《おぐら》は俺と桐島《きりしま》くんを振《ふ》り返《かえ》ると、溌剌《はつらつ》とした声で告げた。

「もう一度乗ろっか！」

「大賛成だ」

「……お前ら古賀《こが》に甘すぎないか⁉」

呆《あき》れたようなため息をつきつつも、しっかり付き合ってくれるあたり桐島《きりしま》くんもたいがい甘い性格をしていると思う。

そんな感じでもう一周を終えると今度こそ別のアトラクションへと移動。

コースター系を攻《せ》めるとは言ったが、それだけに決めているわけではなく、途中面白《とちゅうおもしろ》そうだと思ったところに片《かた》っ端《ぱし》から並んでいく。

「ね、ねぇ！　次はアレにしない？」

そう言って袖《そで》をクイクイと引っ張ってアトラクションの入口に向かう胡桃《くるみ》さんに、俺の口角は上がりっぱなし。ただ気分的には恋人《こいびと》と言うより娘《むすめ》とお父さんって感じ。

「ん～？　もう仕方ないにゃあ！」

「え、気持ち悪いんだけど」

「いきなり辛辣《しんらつ》過ぎない⁉　……まさかこれが反抗期《はんこうき》？　反抗期《はんこうき》の娘《むすめ》ってこんな感じなのか？」

息子《むすこ》だったらまだましなのだろうか。

ぼんやり考えていると、胡桃《くるみ》さんのジト目が飛んできた。あらかわいい。

「いったい何の話してるのよ」

「いずれ生まれてくる胡桃《くるみ》さんとの子供について……かな？」

「まるで意味わからないんだけど⁉」

「大丈夫《だいじょうぶ》、子どもが出来ても俺の一番はいつまでも胡桃《くるみ》さんだから」

「そ、そんなこと聞いてないし心配もしてないから！　むしろあんたの頭の方が心配なんだけど⁉」

「そう？　結構近い将来だと思うんだけど」

「ち、ちか、近くないけどっ⁉」

何故《なぜ》かめちゃくちゃ動揺《どうよう》していた。

顔を耳まで真っ赤にして、今までにないほど動揺《どうよう》していた。

いったいどうしたというんだろう。

まぁ、確かに『近い』か『近くない』で言えば俺たちはまだそういうことをしていないので、『近くない』が正しいのだが……あっ、そうか！

「……なるほど！　結婚《けっこん》してしばらくは二人の生活を楽しみたいってやつだね！」

「そっ……う、かも……」

だからどうして口ごもるのか。

顔を真っ赤に納得《なっとく》するように首肯《しゅこう》する胡桃《くるみ》さん。

すごく可愛《かわい》いからいいのだけど……はて、そこまで動揺《どうよう》する話題だっただろうか？

割といつもと変わらないと思ったけれど。

どこか後悔《こうかい》するように頭を抱《かか》える胡桃《くるみ》さんを眺《なが》めつつ考えていると、それまで傍観《ぼうかん》していた桐島《きりしま》くんが小さくぼやいたのが耳に入った。

「……楽しめてるよな？　俺。このバカップルに付き合わされてる状況《じょうきょう》だけど、本当に楽しめてるんだよな？」

いや、本当に申し訳ない。

胸中で深く謝罪しつつ、俺はまだ若干《じゃっかん》顔が茹《う》だっている胡桃《くるみ》さんの手を取って次のアトラクションの順番待ちの列に並んだ。

☆

しばらくして順番が回ってきたので、アトラクション用のボートに乗り込む。

席は二つ並びではなく複数人が横に座るタイプのものだった。

並びとしては胡桃《くるみ》さんが一番外側で、次いで俺、小倉《おぐら》、桐島《きりしま》くん。

「実はこの映画見たことないのよね」

ぽつりとこぼした胡桃《くるみ》さんは、どこかそわそわとした様子でボートの縁《へり》から水面を覗《のぞ》き込《こ》む。

今回乗るアトラクションはとある映画がモチーフとなっており、そこに登場する化け物たちの間を流れる川をボートに乗って遊覧する、というものだ。

感覚的にはコースター系とは違《ちが》い、息抜《いきぬ》きのつもりで胡桃《くるみ》さんは選んだらしい。

係員の合図でボートが出発してしばらく。

最初は化け物を遠巻きに眺《なが》めつつ、時たま入るギャグ付きの解説にほんわかしていたのだが、アトラクションが後半に差《さ》し掛《か》かったところで何やら雰囲気《ふんいき》が変わった。

「ひゃっ！」

可愛《かわい》らしい声を上げて胡桃《くるみ》さんが俺の腕《うで》に抱《だ》き付《つ》いてくる。

服越《ふくご》しでも女の子らしい柔《やわ》らかい肢体《したい》が感じられてドキドキ。童貞《どうてい》かな？　童貞《どうてい》だわ。

「胡桃《くるみ》さん大丈夫《だいじょうぶ》？　いくらでも抱《だ》き付《つ》いていいからね！」

「べ、別に何も問題は……わひゃっ」

「……っ！　か、かわ、かわいい……っ」

びくっ、と肩《かた》を揺《ゆ》らして、身を寄せてくる胡桃《くるみ》さん。

というのも、実はこのアトラクション、最初は遊覧船のようなゆったりとした雰囲気《ふんいき》で森の中を進むだけなのに対し、途中《とちゅう》からは化け物の研究所らしき場所に入っていき、それまで遠巻きに見ているだけだった化け物たちが襲《おそ》ってくるようになったのだ。

しかもホラーと言うよりびっくり系で。

「安心して、胡桃《くるみ》さんのことは俺が守るから！」

「いや、びっくりしただけで怖《こわ》いわけでは――はわわっ」

どうやら胡桃《くるみ》さんはびっくり系がよほど苦手な模様。

化け物が出てくるたびにびくっと身体《からだ》を震《ふる》わせ、抱《だ》き付《つ》いてくる。

怯《おび》える胡桃《くるみ》さんには悪いけど、可愛《かわい》すぎてずっと見ていたいぐらい。

「……チッ」

「まぁ、落ち着けって」

胡桃《くるみ》さんの反対側では、俺に鋭《するど》い視線を送ってくる小倉《おぐら》を桐島《きりしま》くんが宥《なだ》めていた。

もうほんと、桐島《きりしま》くんには頭が上がらない。お昼ご飯は俺がご馳走《ちそう》することにしよう。

そんなことを考えているうちにアトラクションも終盤《しゅうばん》。

ボートは化け物から逃《に》げるように研究所の中を昇《のぼ》っていき、やがて追いつかれる――と思った瞬間《しゅんかん》、目の前が開けて一気に外へと滑《すべ》り落《お》ちた。どうやらこのアトラクションのラストは急流すべりのようで……って、待って？　急流すべりってことは――。

「きゃっ」

「ぬおぅ!」

俺たちは頭から水をかぶることになった。

☆

濡《ぬ》れた、と言ってもずぶ濡《ぬ》れというほどではなかったのは不幸中の幸いか。

それぞれハンカチで濡《ぬ》れた箇所《かしょ》を軽く拭《ふ》いて、近場のお土産屋《みやげや》の中に入った。

外だとさすがに寒い。その点、店内は空調がよく効いて助かった。

土産物《みやげもの》を見ながら体を温めていると、

「悪い、ちょっとトイレ行ってくるわ」

「私も、お手洗いに」

と言って、桐島《きりしま》くんと小倉《おぐら》は店内のトイレへと向かって行った。

俺は店内でぬいぐるみをもふもふしている胡桃《くるみ》さんに近付いて声をかける。

「それ気に入ったの?」

「ん……アトラクションの方は怖《こわ》かったけど、ぬいぐるみだと可愛《かわい》いかも」

彼女が抱《かか》えていたのは先ほどまで俺たちを襲《おそ》っていた化け物のぬいぐるみだった。

デフォルメされて確かに可愛《かわい》い。

胡桃《くるみ》さんは尻尾《しっぽ》の感触《かんしょく》が気に入ったのか、もふもふもふもふ。

何だこの可愛《かわい》い生き物。

「よかったらプレゼントに俺が買おうか？」

「別にいいわよ。それにまだ悩《なや》み中だし」

「そっか。……それにしても、できれば夏に乗りたいアトラクションだったね」

「ふふっ、そうね」

さすがに冬や寒い季節はキツイ。合羽《かっぱ》の販売《はんばい》もあったのでそれを羽織ればいいだけの話ではあるのだが、今回は気付かなかった。それに水をかぶるのも醍醐味《だいごみ》のひとつというやつだろう。

「その時は是非《ぜひ》薄着《うすぎ》で」

「……この変態」

鋭《するど》い視線が飛んできた。ぞくぞくしちゃう。

「我々の業界ではご褒美《ほうび》です」

「変態」

「あひん」

「……はぁ、ほんとバカなんだから」

胡桃《くるみ》さんは大きくため息をつくと、ぬいぐるみに視線を落として僅《わず》かに微笑《ほほえ》みながら続けた。

「――でも、また夏に来るのはいいわね。薄着《うすぎ》は絶対しないけど」

「そんなに嫌《いや》？」

「い、嫌《いや》って言うか、何て言うか……」

胡桃《くるみ》さんは一瞬《いっしゅん》口ごもると、手にしていたぬいぐるみで顔を隠《かく》すようにして、ぼそぼそと呟《つぶや》いた。

「……あ、あんた以外に見られるのが……い、いやなのよ」

その言葉を理解するのに数秒を要したのは仕方のない事だろう。

俺はぬいぐるみの後ろで恥《は》ずかしがる胡桃《くるみ》さんを見て、視線を逸《そ》らし、天井《てんじょう》でファンのようなものがくるくる回ってるな、なんて思ってからもう一度胡桃《くるみ》さんを見る。

やがてすべてを理解した脳みそが、一つの答えを導き出した。

「それはつまり、逆説的に言えば俺には見てもらいたい、と？」

「なんでそうなるわけ⁉」

「俺はいつでも構わないよ！」

「私は構うんだけど⁉　こ、この変態っ！」

ぺしっ、とぬいぐるみのパンチが飛んできた。可愛《かわい》い。

ぬいぐるみを抱《かか》えて顔を赤くしつつ怒《おこ》る胡桃《くるみ》さんを何とか宥《なだ》めていると、トイレに旅立っていた二人が帰ってきた。

「わりぃわりぃ。ちょっと混んでてさ。っと、次はどこに行く？」

マップを広げる桐島《きりしま》くんに、小倉《おぐら》はお腹《なか》を押さえながら答えた。

「そろそろお腹空《なか》いたかも。いい時間だしお昼にしない？」

言われて時計を確認《かくにん》すると、時刻は十二時を少し過ぎていた。

朝ごはんが早かったというのもあって、腹の具合は丁度いい塩梅《あんばい》だ。

特に反対意見も上がらず、次の目的地はレストラン街に決まった。

早速《さっそく》移動を開始しようとして、

「あっ、ちょっと待って」

と言って、胡桃《くるみ》さんは先ほどからずっと抱《かか》えていたぬいぐるみを持ってレジへ。

てててっ、と小走りで向かい、待たせている俺たちをちらちら見て、気持ち急ぎ目にお金を払《はら》い終《お》えると、また小走りで戻《もど》ってきた。

「ご、ごめんね」

「全然、胡桃《くるみ》さんのためなら何年だって待てるよ！」

「あんたは迎《むか》えに来るタイプの人間でしょ」

ぬいぐるみの入った袋《ふくろ》を抱《かか》え、至極《しごく》当然といった目でこちらを見つめてくる胡桃《くるみ》さん。

いや、まったくもってその通りだ。その通りなのだが……ふむ。

自分のことを言い当てられるというのは嬉《うれ》しいような恥《は》ずかしいような、むず痒《がゆ》い感じだ。

でも、決して悪い気分ではない。

まぁ、胡桃《くるみ》さんが関係することで悪い気分になることなどないのだが。

「ほら、早く行くわよ」

そう言って手を取る胡桃《くるみ》さん。

俺も握《にぎ》り返《かえ》して、レストラン街へと向かうのだった。

☆

昼食を終えて約一時間後、事件はとあるアトラクションを乗り終えた時に起こった。

「……あぁ、俺はもう無理かもしれない。胡桃《くるみ》さん。さ、最後に……旅立つ最後に胡桃《くるみ》さんの美しい顔を見たい。是非《ぜひ》ともその世界一綺麗《きれい》な顔を、俺の目に……」

「なんか思ったより元気っぽいんだけど?」

「いやぁ、でもマジでちょっとしんどい」

俺は園内のベンチに腰掛《こしか》け、空を見上げるように背中を預けていた。

気分は最悪。正直、吐《は》きそうである。

ぼんやりと空を眺《なが》めて気を紛《まぎ》らわしていると、視界にイケメンが入ってきた。

「まさかお前がここまで4Dに弱いとはなぁ」

「自分でもびっくりだ。そして胡桃《くるみ》さんの顔を要求したのになぜ桐島《きりしま》くんが」

「ひでぇ」

けらけら笑う桐島《きりしま》くん。

俺がこうなっているのは、４Ｄと呼ばれるタイプのコースターに乗ったのが原因だった。

３Ｄ眼鏡を掛《か》けて、映像を見ながら縦に横に、上に下に、前に後ろにとぐるぐる回転しながらぐわんぐわん動き回り、ぎゅんぎゅん巡《めぐ》る映像に俺の三半規管《さんはんきかん》は音を上げたのである。

つまりは、酔《よ》った。

「って、あれ？　胡桃《くるみ》さんは？」

先ほどから胡桃《くるみ》さんの声が聞こえないと思って視線を空から地上に移すと、飲み物を手にした胡桃《くるみ》さんが丁度こちらに駆《か》けてくるのが目に入った。

「もう……大丈夫《だいじょうぶ》？　これ飲んで？　……気分、落ち着かない？」

心配げな表情で俺の隣《となり》に座ると、ぺたぺたと首やおでこを触《さわ》られる。

それは熱が出た時の触診《しょくしん》では？

藪蛇《やぶへび》になったら最悪なので、何も言わないけど。むしろ一生触《さわ》っていて欲しいまである。

「だ、大丈夫《だいじょうぶ》だよ。少し休憩《きゅうけい》すれば落ち着くから」

「そう？　それ飲んでね。お金は気にしなくていいから」

胡桃《くるみ》さんが渡《わた》してきたのは市販《しはん》のペットボトル飲料。

テーマパークの中だと割高だろうに、申し訳ない。

お金は後で返すとして、今は遠慮《えんりょ》なく飲ませていただく。

「ありがとう、胡桃《くるみ》さん」

「べ、別にこれくらい……気持ち悪いなら横になる？　い、今なら、膝《ひざ》貸すけど……」

「……っ！　それはもう全力でお借りしたい！　……けどっ」

俺は口元を押さえる。

「ごめん胡桃《くるみ》さん。ちょっと今横になるのはしんどくて……今度二人きりの時に、もう一度誘《さそ》ってくれないかな。一緒《いっしょ》に大人の階段を昇《のぼ》ろう」

「やっぱり元気なんじゃないの!?」

顔を真っ赤にして立ち上がる胡桃《くるみ》さん。

彼女は心配そうに俺を見つめていて――。

「乗りたかったら、乗ってきても大丈夫《だいじょうぶ》だよ。俺はここで少し休憩《きゅうけい》してるから」

「っ、い、いいわよ。あんたが心配だし」

「それは嬉《うれ》しいけど……胡桃《くるみ》さん楽しそうだったしさ。きっと他にも乗りたいのいっぱいあるでしょ？」

そう、4Dアトラクションを終えてすぐ俺はバタンキューしてしまったが、それでもしっかり両の眼《め》で胡桃《くるみ》さんがすごく楽しそうにしていたのは捉《とら》えていた。

普通《ふつう》のコースター系のアトラクションより、殊更《ことさら》にはしゃいでいたのだ。

「………で、でも」

「時間は有限だし、俺はまだもうちょっと動けそうにないからさ。それに……俺にとって、胡桃《くるみ》さんが楽しんでくれているのが、一番の薬なんだよ」

「………」

それでもまだ僅《わず》かに渋《しぶ》る胡桃《くるみ》さんは、俺の頬《ほお》に手を当てて、

「ほ、ほんとに大丈夫《だいじょうぶ》？」

「まぁ、酔《よ》っただけだしね。あとで話を聞かせてよ」

告げると、彼女はしぶしぶといった様子で首肯《しゅこう》。

「…………ん、じゃあ、行ってきてもいい？」

「楽しんできてね」

「わかった」

胡桃《くるみ》さんは小さく告げると、俺から離《はな》れる。

俺は桐島《きりしま》くんに視線をやると、

「じゃあ桐島《きりしま》くん、お願いできる？」

「おっけー、任せろ」

ドンと胸を叩《たた》いて任されてくれた。ありがたい。

相も変わらず頼《たの》もしい友人だと思っていると、ふとそれまで黙《だま》っていた小倉《おぐら》が大きく息を吐《は》いて俺の隣《となり》に腰掛《こしか》けた。

「何してんの？」

「いや、実は私もちょっとしんどくて……こっちで残っててていい？」

「し、調《しらべ》ちゃんも⁉」

俺だけならまだしも、小倉《おぐら》もとなれば胡桃《くるみ》さんはやっぱり行くのをやめると言うだろう。

胡桃《くるみ》さんが一緒《いっしょ》に居てくれるのはとても嬉《うれ》しいが、個人的には胡桃《くるみ》さんが楽しんでくれている方がもっと嬉《うれ》しい。

余計なことをと流し目で小倉《おぐら》を見ると、彼女は苦笑《くしょう》を浮《う》かべて胡桃《くるみ》さんに告げた。

「大丈夫《だいじょうぶ》、私のはそこまで辛《つら》くないから。胡桃《くるみ》ちゃんは楽しんできて」

「で、でも……」

胡桃《くるみ》さんは俺と小倉《おぐら》を交互《こうご》に見やる。

まぁ、俺たちの関係はお世辞にもいいとは言えないからな。

「私としても、胡桃《くるみ》ちゃんが楽しんでくれている方が嬉《うれ》しいなって」

「う、うん……そう、かな？　……わかった。それじゃあ一時間ぐらいで戻《もど》るから、ここに集合ね」

「おっけー」

小倉《おぐら》は胡桃《くるみ》さんの言葉に軽く答え、二人を見送った。

俺も胡桃《くるみ》さんの姿が人ごみに消えるまでしっかり見送る。

気分はさながら今生の別れである。

そうして取り残されたのはクラスでも頭がおかしいと有名な男子生徒と、金髪巨乳《きんぱつきょにゅう》の元いじめっ子。

「……」

「……」

周囲からレールを走るコースターの音や、アトラクションの音楽、客の楽しそうな声が聞こえて騒音《そうおん》に包まれる中——俺と小倉《おぐら》の周りだけ、まるで切り取ったかのように異質に静寂《せいじゃく》が支配していた。

胡桃《くるみ》さんから貰《もら》ったペットボトルの蓋《ふた》を開けて、中身を口に含《ふく》む。

静かに飲み込み、何か話した方がいいのか？　と考えていると小倉《おぐら》が先に口を開いた。

「……覚えてる？」

「何が」

「修学旅行に行く前、言ったこと」

「修学旅行に行く前？」

何だったか、と記憶《きおく》を遡《さかのぼ》り一つ思い出す。

「……あぁ『時間を作ってくれ』とか、そんな感じだったか？」

「そう」

小倉《おぐら》は短く返事をすると、スッと真剣《しんけん》な表情でこちらに向き直り、静かに淡々《たんたん》と、今までに聞いたことのない、真剣《しんけん》な口調で告げた。

「いま、時間ある？」

「……そりゃあ、あるけど」

「だったらさ、ちょっと歩きながら話さない？」

小倉《おぐら》は返事も待たずにベンチから立ち上がって、さっさと歩き始めてしまった。

別に後を追わなくてもいいのだが……。

「おい、待てよ……くそ」

脳裏《のうり》にこびりつく彼女の真剣《しんけん》な表情が、それを許さなかった。

☆

歩くことしばらく、俺たちがやって来たのはコラボエリアだった。

このテーマパークは自社のキャラだけではなく、日本の有名なアニメや漫画《まんが》、ゲームとよくコラボしては、それに応じたエリアを展開するという少し変わった特徴《とくちょう》があった。

俺たちが訪《おとず》れたのはまさにそこ。

現在は有名なロボットアニメとコラボしていた。新とか旧とか映画の頭についてるやつだ。

ただ、正直世代が少し古いので、オタクの俺でも内容は大まかにしか知らない。

そのような場所、オタクでもなくコミュ強《きょう》のバリバリ元陽キャの小倉《おぐら》からすれば、殊更《ことさら》に無《む》縁《えん》に思えたのだが……。

「す、すごっ！　でかっ、かっこいいっ！」

「お、小倉《おぐら》？」

「見て見て！　これ主人公が乗ってる機体！　有名だから見たことぐらいはあるでしょ？　って、細か！　この駆動部《くどうぶ》めっちゃ凝《こ》ってる！」

「……あー、良かったら写真撮《と》ろうか？」

等身大ジオラマを前に目を輝《かがや》かせる小倉《おぐら》に、俺は思わずそう尋《たず》ねていた。

「い、いいの⁉　……んっ、んん！　じゃ、じゃあお願いしてもいい？」

「まぁ、それぐらいなら」

というわけではいチーズ。

金髪《きんぱつ》ギャルとロボの異色なツーショットの完成である。似合わねぇ。

しかし、出来上がった写真を確認《かくにん》する小倉《おぐら》は何とも笑顔《えがお》だった。

「好きなのか？」

「ん、ま、まぁ」

「お前が好きなのはバイクに乗る変身ヒーローじゃなかったか？」

「あ、あれも好きだけど……言わなかったっけ？　お父さんの影響《えいきょう》で好きになったって。これもそうなの」

「なるほどね」

確かに、俺たちの親ならちょうどリアタイしていた世代だろう。

「中、入らない？」

「話は？」

「……その、まっすぐ伝えられる自信ないから。見ながらでもいい？」

「お前がそれでいいならいいけど」

中はアトラクションになっているわけではなく、アニメで出てきた武器や衣装《いしょう》など、ファン向けの資料がずらりと並んでいた。一応、４Ｄのアトラクション的なのがあるみたいだが、とてもではないが無理だ。

酔《よ》い醒《ざ》ましついでにぼんやりと眺《なが》めつつ、帰ったらこの作品見てみるかなぁ、なんて考えていると、とつとつと小倉《おぐら》が語り始めた。

「昔、好きだったモデルの子がいたの。綺麗《きれい》でなんでも着こなして、すごいなぁ、なんて漠然《ばくぜん》と思って。しかも同い年。……憧《あこが》れって言うのかな。近付きたくて、真似《まね》して、真似《まね》して……

ほんとに、強く憧《あこが》れてた」

「……」

「その子はどんどん有名になっていって、女優にならないか、なんて話が持ち上がるくらい成功してた。僻《ひが》みなんてない。さすがだ、って。やっぱりすごい子なんだ、みんなやっと気づいたんだって……」

「古参面だな」

「そうかもね。……でも、その子はある日突然《とつぜん》活動を休止して、SNSなんかも全部止まって、消息が分からなくなって——私の目の前に現れた」

小倉《おぐら》は目の前の展示物を見ているようで、だけどどこか遠くを見つめていた。

「高校の入学式の日、すぐにわかった。あの子だって。話しかけようかな、どうしようかなって一週間ぐらい……ううん、もっと悩《なや》んだかも。こんなに緊張《きんちょう》したの初めてってぐらい緊張《きんちょう》したし、いつも以上に身なりに気を付けて、話しかけた。モデルやってた胡桃《くるみ》さんですよね、って」

「……」

「そうです、って返してくれて、私もう嬉《うれ》しくって……たくさん話した」

それは、俺の知らない話だった。

胡桃《くるみ》さんと小倉《おぐら》はそんなに早く接点を持っていたのか。

「それで、どうしてそれがああなったんだ？」

人の目もあるためぼやかして尋《たず》ねると、小倉《おぐら》は苦しそうに吐《は》き出《だ》した。

「……憧《あこが》れの人が目の前に現れて、僻《ひが》んじゃった」

「……」

「きっとすごい努力をしてその体型を維持《いじ》してるんだろうなとか、食べ物はどんな感じで気を使ってるんだろうとか、肌《はだ》の手入れは？　髪《かみ》の手入れは？　どんな化粧水《けしょうすい》を？　……とか。聞いて、いっぱい、迷惑《めいわく》かなとか、うん。思ったけど……で、聞いて、それで私……」

「落ち着け。ゆっくりでいいから」

段々と支離滅裂《しりめつれつ》なことを口にする小倉《おぐら》の肩《かた》に手を置いて、一度会場を出る。

外の生垣《いけがき》のふちに腰掛《こしか》けさせると、ようやく落ち着いたようだった。

「……ごめん」

「問題ない」

小倉《おぐら》はしばらく俯《うつむ》いた後、自分の顔を両手で押さえつけながら、吐露《とろ》を続けた。

「なんだっけ。……あ、そうそう、聞いたのよ。どんなふうにして綺麗《きれい》に保ってるのかって。いきなり失礼だとは思ったけど、でもずっと聞きたかったことだから」

それは分からないでもない。

俺も好きな漫画《まんが》やラノベの原作者が目の前に居たら作品について色々と聞くだろう。

「そしたら胡桃《くるみ》ちゃんね、特に努力はしてない、って」

「……まぁ、そうかもな。胡桃《くるみ》さんとは中学からの付き合いだけど、モデルになる前から可愛《かわい》かったのは覚えてる」

「……だよね。うん、知ってる。……でも、その時の私は謙遜《けんそん》なのかなって思って、結構監視《かんし》って言うか、まぁ学内だけだけどストーカーってぐらい見てたの」

マジかよ。俺以外にも胡桃《くるみ》さんのストーカーが居たのか。

「それで？」

「それで、胡桃《くるみ》ちゃんの言ってることってなにも間違《まちが》ってないんだなぁって。確かに体型維持《いじ》で多少運動してる感じはあったけど、朝からガッツリ走ったり、食事制限したりはしてなかった。私より、全然努力してないのに私よりすごいんだなぁって、まじまじ見せつけられた気がして――僻《ひが》んだ。嫉《ねた》んだ」

「……」

「もしこれが、雑誌の向こうやテレビの向こうならそうはならなかったかもしれないけど、目の前で天才《そう》であることを見せつけられたら、もう……おかしくなっちゃった」

聞こえるか聞こえないか、魂《たましい》を絞《しぼ》り出《だ》すように吐《は》き出《だ》した小倉《おぐら》は下を向いたまま頭を抱《かか》え込《こ》む。朝からセットしていたであろう金髪《きんぱつ》がぐしゃっと崩《くず》れ、その努力が水泡《すいほう》に帰す。

「……」

小倉《おぐら》は胡桃《くるみ》さんに憧《あこが》れていた。

それも他の人よりも強く憧《あこが》れていたのだろう。

だからこそ、自身の理想である憧《あこが》れの胡桃《くるみ》さんと現実の胡桃《くるみ》さんのギャップに耐《た》えられず、失望し——そして自分には無いものを持っている彼女に嫉妬《しっと》した、と。

つまりはそういうことなのだろう。

「……ってことを、あんたに伝えときたかった。ごめん、今こんな話して」

「まったくだ。楽しい楽しい修学旅行がしんみりしたじゃないか」

「うぐっ。……そ、それで？」

気まずそうな表情で、こちらを見つめてくる小倉《おぐら》。

「は？　なにが？」

「いや、だから……そ、それで？　何か言わないの？　そんな自分勝手な理由で、とか、やっぱりお前は糞《くそ》アマだ、とか。……っ、な、殴《なぐ》るのは、やめて欲しいけど……でも、い、一発までなら……」

ぎゅっと目を瞑《つぶ》る小倉《おぐら》。

いや、そんな卑屈《ひくつ》なことを言われても。

「……別に、何もないよ」

「で、でも……わた、私は……」

「胡桃《くるみ》さんにはもう伝えてるんだろ？」

「そりゃあ、うん。あの、あの日に……助けてくれた日の夜に、電話で」

「胡桃《くるみ》さんはなんて？」

「そうだったんだ、って。……あ、あと」

小倉《おぐら》は一度言葉を区切ると、僅《わず》かに口端《こうたん》を持ち上げる。

「使ってる化粧水《けしょうすい》、教えてもらった」

「……」

「そんな感じ」

「そうか。……なら、それでいいんじゃないか？」

ことはすべて小倉《おぐら》と胡桃《くるみ》さんの間で完結している。

俺が口を挟《はさ》むようなことは何もない。

「でもあんたは、私にすごい怒《おこ》ってたし、怒《おこ》られて軽蔑《けいべつ》される自覚もあるし……」

だから理由を聞いてもっと怒《おこ》ると思ったのだろうか。

「馬鹿か。俺が怒《おこ》っていたのはお前が行った行為《こうい》に対してだ。理由は関係ない」

「そ、そっか……そうだよね」

「だが――まぁ、なんだ。納得《なっとく》はしたよ。許せる許せないは別として」

「……うん」

小倉《おぐら》は小さく首肯《しゅこう》すると、大きく息を吸い込んで、一言。

「ごめん」

と告げたのだった。

それを静かに受け止めつつ、俺は空を見上げた。

大きく吐《は》いた白い息が、からっと晴れた空へと昇《のぼ》っていった。

☆

まだ時間があったので近くのカフェに入る。

さすがに外に出ずっぱりでは身体《からだ》が冷えてしまった。

「俺コーヒー」

「飲み過ぎると身体《からだ》に悪いんだって」

「コーヒー好きを前になんてことを言うんだ」

「……別に。胡桃《くるみ》ちゃんの彼氏《かれし》ならちょっとでも健康でいて欲しいだけ」

そう言って自分は砂糖たっぷりのココアを頼《たの》む小倉《おぐら》。

「胡桃《くるみ》さんの友達やるならデブるなよ」

「女子に向かってなんてこと言うのよ」

キッと睨《にら》みつけてくる小倉《おぐら》に嘆息《たんそく》しつつ、俺はふと思ったことを尋《たず》ねた。

「そう言えば、どうして今だったんだ？」

「なにが？」

「さっきの話だよ」

告げると彼女は机に肘《ひじ》を置いて、窓の外を睥睨《へいげい》する。

「別に、学校じゃ胡桃《くるみ》ちゃんがいるから二人になれないし、かと言って電話をするのもなんか違《ちが》う。休日に会うのはもっと違《ちが》うし……このタイミングなら、修学旅行中なら話せる機会もあるかな、って。そう思ったのよ」

「なるほどな」

短く返し、俺も背もたれに背を預けて窓の外を見つつ、思う。

だからと言って、こんな楽しそうな場所でする話でもなかったのでは？　と。

まぁ、もう済んだことだし別にいいのだが。

「楽しい雰囲《ふんい》気壊《きこわ》したのは……うん、ごめん」

「別にいいよ。……つーか、前から思ってたんだけどさ。お前は……胡桃《くるみ》さんが好きなんだよな？　そういう意味で」

「何、いきなり」

「いや、はっきりと言葉で聞いたことはなかったなと思って」

尋《たず》ねると小倉《おぐら》は若干《じゃっかん》居心地《いごこち》が悪そうに身じろぎして、頬《ほお》を染めて答えた。

「……まぁ、好き。……そういう意味で」

「ふむ……ならもっとココア飲め」

「はぁ!? あぁ、もう。なんで胡桃《くるみ》ちゃんはこんなデリカシーの無い男を……」

「なんか言ったか小倉《おぐら》ァ」

「別に?」

などと口論しつつ、到着《とうちゃく》したコーヒーを一口。

仄《ほの》かな苦みと深いコク、どこかフルーティな口当たりが飲みやすい。

なるほど、一般受《いっぱんう》けしやすい飲み口だ。

「何考えてんのよ」

「いや、なに。胡桃《くるみ》さんと一緒《いっしょ》ならもっと美味《うま》かっただろうなって、そう思っただけだ」

「ふーん」

小倉《おぐら》もココアの入ったマグカップを手にして啜《すす》る。

小さく嚥下《えんげ》すると、満足そうに息を吐《は》いた。

「それには同意」

以降は特に言葉を交《か》わすこともなく、窓の外をぼんやり眺《なが》めつつ飲み干した。

そして身体《からだ》が温まったのを確認《かくにん》してから、俺たちはカフェを後にした。

☆

待ち合わせの場所で小倉《おぐら》と待っていると、数分もしないうちに胡桃《くるみ》さんと桐島《きりしま》くんは戻《もど》ってきた。

「あっ、おーい、胡桃《くるみ》さん」

「ごめんごめん、待った？　と言うかもう大丈夫《だいじょうぶ》？」

こちらに気付くや否《いな》や小走《こばし》りで近付いてきた胡桃《くるみ》さんは、そのまま再度触診《しょくしん》を始めた。

されるがままになっていると、彼女は早々に切り上げて、お次は隣《となり》金髪《きんぱつ》ギャルを診《み》る。

「調《しらべ》ちゃんも大丈夫《だいじょうぶ》？　気持ち悪くない？」

「胡桃《くるみ》ちゃんに触《さわ》ってもらってるだけで体力が回復していくよ♡　もっと触《さわ》って♡」

「なんかヤバ宮《みや》くんみたいになってるんだけどっ⁉」

「それは心外」

「おいこら」

このアマ。さっきまでのしおらしい様相はどこに行ったんだ。

内心で呆《あき》れていると、少し遅《おく》れて桐島《きりしま》くんが戻《もど》ってきた。

「どうだった？」

「楽しそうにしてたよ。変な輩《やから》に絡《から》まれることもなかった」

「それは何より」

「お前らの方は、何かあったのか？」

桐島《きりしま》くんは俺と小倉《おぐら》を交互《こうご》に見やる。

何かあったかと聞かれれば、答えはただ一つ。

「特に何もないよ。少し話をしただけ」

「そうか」

「そうそう。……さて、それじゃあもう時間もないし、次のアトラクションに行こっか」

じゃれていた二人に告げると、彼女たちは笑《え》みを浮《う》かべて頷《うなず》いた。

そんな感じで時間いっぱい遊園地を満喫《まんきつ》。

遅《おそ》くなる前に、電車に乗ってホテルへと戻《もど》るのだった。

3

ホテルに着くと、すぐに夕食の時刻となった。

時計を見ると六時半。だから早いんだって。

席は自由で、今回は胡桃《くるみ》さんの隣《となり》を無事確保。

が、四人並んで座れるところは空いておらず、小倉《おぐら》と桐島《きりしま》くんは少し離《はな》れた席である。

胡桃《くるみ》さんが少し寂《さび》しそうな表情を見せるあたり、二人にはかなり心を許しているようだ。

それはともかく、本日の料理は和食。

目の前には色とりどりの季節のお野菜に白ごはん、汁物《しるもの》、鉄板焼きに刺身《さしみ》と、なんだとっても豪華《ごうか》じゃないか。一人感心していると、お隣《となり》の胡桃《くるみ》さんが震《ふる》えた声で呟《つぶや》いた。

「ま、マグロがある」

「あれ、胡桃《くるみ》さんマグロ苦手？」

「いや、そうじゃなくてむしろ……」

ごくり、と喉《のど》を鳴らすところを見るにかなりの好物のよう。

ならば俺が行うべきはただ一つ。

「はい、あーん♡」

「なんで⁉」

「もちろん胡桃《くるみ》さんの喜ぶ顔が見たいからだよ！　胡桃《くるみ》さんが未来永劫隣《えいごうとなり》で笑っていてくれることこそが、俺の何よりの望みだからね！」

「マグロ一切れにそこまで考えてるの⁉」

「胡桃《くるみ》さんとの将来設計は常日頃《つねひごろ》から考えてるよ！」

「もっと別のことは考えられないの⁉」

胡桃《くるみ》さん以外のことか。

「子供の教育方針……とか？」

「バカなの⁉」

「まぁ、親バカにはなりそうかな」

「聞いてないんだけどっ⁉」

わいわい言い合っていると、胡桃《くるみ》さんはハッと我に返ったように周囲を見渡《みわた》し、顔を赤くして俯《うつむ》いてしまった。俺も倣《なら》って周りを見ると、なるほど同じクラスの連中が『またか』といった様子でこちらを見ていた。

確かに、学校でも似たようなものだしな。

「はい、あーん♡」

「少しは空気を読んで欲しいんだけど⁉」

何て言いつつも、胡桃《くるみ》さんは口を開いて俺の箸《はし》からマグロをパクり。

もぐもぐと小動物のように咀嚼《そしゃく》してごっくん。

口をへの字に曲げて俺を睨《にら》むとぼそりと愚痴《ぐち》った。

「温《ぬる》くなってる」

「あちゃー、愛の炎《ほのお》であったまっちゃったかー」

「あちゃーじゃないわよ！　……でも、ありがと。代わりにこれあげる」

胡桃《くるみ》さんが差し出してきたのは白い刺身《さしみ》。イカだ。

彼女は箸《はし》で挟《はさ》むとそのまま俺の皿へ——。

「食べさせてくれないの？」

「く・れ・な・い・わ・よっ！　ばかっ！」

べっ、と舌を出した胡桃《くるみ》さんは、自らの皿に向き直って食事を再開した。

本当に食べさせてはくれないらしい。残念だ。

しかし、おいしそうに自分の分のマグロを口に運ぶ姿に、自然と笑《え》みがこぼれてしまう。

行儀《ぎょうぎ》いい所作で食べる彼女に見惚《みと》れつつ、俺も頂戴《ちょうだい》したイカをパクり。

「……おいしい」

「そう？　よかった」

「うん、胡桃《くるみ》さんの味がするよ」

「何もよくなかった。病院行く？」

「胡桃《くるみ》さんとならどこへでも」

「あんたは無敵なの⁉」

本心なんだけどなぁ。

☆

食事も終えて部屋に戻《もど》ろうと館内を胡桃《くるみ》さんと歩く。

食事会場は一階にあり、俺たちが泊《と》まっている部屋は男子が四階、女子が五階。

それぞれエレベーターでの移動となる。

食事が終わった者から部屋に戻《もど》って構わないと言われていた為《ため》、帰る時間はバラバラ。

エレベーターの前には俺と胡桃《くるみ》さんの姿しかなかった。

「それにしても、今日は疲《つか》れたわね」

「そうだね。かなり遊んだし……胡桃《くるみ》さんもはしゃいでたしね」

「は、恥《は》ずかしいから忘れて……」

「胡桃《くるみ》さんの笑顔《えがお》を忘れるなんて無理な話だよ！」

「う、うぅ……ばかぁ」

赤面して頬《ほお》を掻《か》く胡桃《くるみ》さん。

改めて心のメモリーにしっかり刻み込んでおこうと決意していると、胡桃《くるみ》さんはエレベーターの階層表示を眺《なが》めながら大きくため息をついた。

「どうしたの？」

「ん？　あぁごめん。疲《つか》れたからこそ、また部屋風呂《ぶろ》かって思って。男子もそうなんでしょ？」

「まぁ、先生にはそう言われたね」

答えると、胡桃《くるみ》さんは眉《まゆ》をひそめた。

「もしかして……」

「昨日は大浴場の方に行かせていただきました」

「ルールはちゃんと守らないとだめでしょ！」

怒《おこ》られちゃった。胡桃《くるみ》さんらしい。

なのでこちらは仲間を売らせていただく。

「いや、俺以外にも桐島《きりしま》くんや同室の阿坂《あさか》くんも一緒《いっしょ》で――！」

「言い訳しない！」

「はい！」

仲間の売却《ばいきゃく》はなんの意味もなかったし、ただ共犯者の名前を喋《しゃべ》っただけだった。

俺と一緒《いっしょ》にお酒を飲もうとしたり、授業をエスケープして屋上に向かったりしている胡桃《くるみ》さんであるが、それにはそれ相応の理由があり、基本的に彼女は真面目な人なのだ。

そういう凜《りん》としているところが最高に孤高《ここう》で惹《ひ》かれるのだけども。

「……ち、因《ちな》みに、ほんとにバレなかったの？」

「……おっとぉ？　さすがの胡桃《くるみ》さんも背に腹は替えられなかった模様。

そりゃあ大浴場があるならのんびり足を伸《の》ばしてくつろぎたいよね。特に女の子なら。

真面目なところも最高に魅力的《みりょくてき》だけど、ちょっとずる賢《がしこ》いところが出てくる胡桃《くるみ》さんも、それはそれで非常に愛おしい。ギャップ萌《も》えというやつか。

なので俺は親指を立てて胡桃《くるみ》さんに答えるのだった。

「もちのろんよ」

☆

胡桃《くるみ》さんと話しているとエレベーターが到着《とうちゃく》。

早速《さっそく》乗り込もうとしたところで――。

「な、なぁ小倉《おぐら》。少し話があるんだけど、今時間いいか？」

「……っ、な、なに？」

聞き覚えのある声と、耳なじみのある名前が聞こえてきた。

胡桃《くるみ》さんも気が付いたのか、エレベーターに向けていた足を止めて声の方に視線を向ける。

そこには小倉《おぐら》を呼び止める阿坂《あさか》くんの姿があった。

「ここじゃあれだからさ、少し移動していいか？」

「……わ、わかった」

場所を移動する二人。

それを見て、俺は理解した。

(昨日のこと、早速《さっそく》行動に移すのか)

昨日のこと——とは阿坂《あさか》くんが大浴場で相談してきたことだ。

つまるところ小倉《おぐら》への謝罪である。てっきり修学旅行が終わってから謝罪するものだと思っていたのだが……まぁ個人的にすぐに動いたことに関しては好感度が高い。

二人の間でどのようなやり取りがなされるのかは気になるが、覗《のぞ》くのはさすがに阿坂《あさか》くんに対して失礼だろう。

俺は再度エレベーターに乗り込もうとして。

「あ、あれっ！　……っ！」

「ちょ、胡桃《くるみ》さん⁉　ま、待って！」

どういうわけか慌《あわ》てて二人の方へと向かおうとする胡桃《くるみ》さんの手を取って制止する。

「と、止めないとっ！」

「どうしたの胡桃《くるみ》さん。止めるって何を——」

「ま、また調《しらべ》ちゃんが、傷つけられる！」

その言葉を聞いて、合点がいった。

阿坂《あさか》くんはかつて小倉《おぐら》を虐《いじ》める空気を作り出した張本人であり、そのことを後悔《こうかい》して俺に相談を持《も》ち掛《か》けてきた。

その結果として小倉《おぐら》に対し真摯《しんし》に謝罪するということを決めたが、当然胡桃《くるみ》さんはそのことを知らない。だから『また』と焦《あせ》っている。

「ま、待って、待ってって胡桃《くるみ》さん！」

「ど、どうしてっ？」

「とにかく落ち着いて。……それから、静かについて来て」

俺は逡巡《しゅんじゅん》した後、阿坂《あさか》くんには申し訳ないと思いつつも、見せた方が早いと静かに二人の後を追った。

二人が行きついたのはロビーの隅《すみ》。

というか、俺と胡桃《くるみ》さんが昨日乳繰《ちちく》り合《あ》っていた現場である。

そんな場所で真剣《しんけん》な話をしようとする二人。

何というわけではないけれど、阿坂《あさか》くんに対する申し訳ない気持ちが倍プッシュ。

今度学食で焼き肉定食でもご馳走《ちそう》しよう。

俺は、下唇《したくちびる》を噛《か》んで今にも飛び出しそうな胡桃《くるみ》さんを押さえながら二人の話に耳を傾《かたむ》けた。

「……は、話って、なに？」

小倉《おぐら》の声は僅《わず》かに震《ふる》えていた。

小倉《おぐら》自身も、阿坂《あさか》くんに対して相応の苦手意識を抱《いだ》いているのだろう。

そういう意味では、人気のないここは悪手だったと言える。

静かなカフェとか、そんなところが良かったのではなかろうか。

いまさらどうなるわけでもないが。

阿坂《あさか》くんもきっとそれに気付いていたのだろう。

だからこそ彼は安心させるように一歩足を退いた。

「話っていうか……その……」

阿坂《あさか》くんは僅《わず》かに言《い》い淀《よど》んだけれど、一度大きく息を吸い込むとまっすぐ頭を下げた。

「あの時は、ごめん」

「……え?」

「あの席替《せきが》えの時、俺は小倉《おぐら》に対して酷《ひど》いことを言って傷つけた。そのことを改めて謝罪したい。……本当に、申し訳なかった」

その言葉に小倉《おぐら》は明らかに動揺《どうよう》していた。

どうすればいいのだろう、と頭を下げる阿坂《あさか》くんを見て唇《くちびる》を噛《か》みしめる。

静寂《せいじゃく》は十秒もなかったように思える。

けれど、どこまでも張《は》り詰《つ》めて、当事者にとっては数分や数十分にも感じられるだろう。

その中で、小倉《おぐら》は俯《うつむ》いて自嘲《じちょう》を浮かべた。

「……あれは、私が悪かったから」

確かに元を辿《たど》れば、小倉《おぐら》が胡桃《くるみ》さんを虐《いじ》めていたのが原因だ。

けれど、だからと言って関係の無い人間が小倉《おぐら》を糾弾《きゅうだん》するのはまったく別の問題なわけで。

――『私が悪かったから、別に気にしないでいい』

なんて答えは、必ずと言い切っていいほど間違《まちが》っている。

俯《うつむ》き、前髪《まえがみ》で表情の伺《うかが》えない小倉《おぐら》に対し、何と声をかけていいのか逡巡《しゅんじゅん》する阿坂《あさか》くん。

しかし、それよりも先に小倉《おぐら》が小さく横に首を振《ふ》った。

「ううん、そうじゃない。――あれは、私も悪かったから。って言うほうが正解なのかな」

その独白は、静かな当所によく響《ひび》いた。

隣《となり》で息を飲む音が聞こえる。

視線を向けると、胡桃《くるみ》さんが目を見開いて二人をじっと見つめていた。

何を思っているのだろうか。残念ながら俺には分からない。

けれど、彼女はまっすぐ二人を見つめていた。

小倉《おぐら》は一つ深呼吸して言葉を続ける。

「私は、ああいうことをされて当然の人間だった。それだけのことをした自覚もあるし、後悔《こうかい》もある。その償《つぐな》いで、あの子のためなら何でも、本当に何でもしてあげたいって思う。それぐらい、あの時の私は最低最悪で、本当に気持ち悪くて、自己嫌悪《けんお》で死にたく――ううん」

小倉《おぐら》は一瞬《いっしゅん》言葉に詰《つ》まり、震《ふる》えた声で告げた。

「私みたいな人間死んでしまえ、って。そう思うぐらい、私は酷《ひど》いことをした」

もしかしたら彼女はあの日――屋上に駆《か》けあがった日。

本当にその先へ足を進めるつもりだったのかもしれない。

ちらりと隣《となり》の胡桃《くるみ》さんを見ると、拳《こぶし》を強く握《にぎ》り締《し》めていた。

「だから阿坂《あさか》にされたことは自業自得《じごうじとく》だと思ってる。……でも、阿坂《あさか》が言いたいのはそういうことじゃないんだよね」

「……あぁ。俺が、俺がやったのは、誰《だれ》が相手でもしちゃいけないことだ。小倉《おぐら》がどういう人間だったかは関係ない。結局のところ、俺が行ったのは他人を傷つける行為《こうい》だから……。本当に申し訳なかった」

改めて深々と頭を下げる阿坂《あさか》くん。

そんな彼を複雑な瞳《ひとみ》で見つめた後、小倉《おぐら》は彼に顔を上げさせる。

「正直、阿坂《あさか》のことは最低だと思う。それはきっと今後も変わらない。……ごめん」

「――っ」

「で、でもっ！　だけど、あんたより最低の私を、見捨てないでくれた人がいた。その人は、私の憧《あこが》れで尊敬している人で――だから、今すぐはまだ心の整理がつかないけど、謝罪は受け止めとく」

必死に絞《しぼ》り出《だ》したであろうその言葉を受け、阿坂《あさか》くんは暫《しば》し瞑目《めいもく》すると小さく息を吐《は》いた。

「あぁ、わかった。……話はそれだけだ。改めて本当に、申し訳なかった」

もう一度深く頭を下げると、彼は踵《きびす》を返してその場を後にした。

（って、こっち来る！）

慌《あわ》てて胡桃《くるみ》さんの手を取り場所を移動。

幸い阿坂《あさか》くんは外の空気でも吸いに行ったのか、玄関口《げんかんぐち》へと歩いて行った。

俺たちはエレベーターホールに戻《もど》ってくると、上昇《じょうしょう》ボタンを押して二人並んで待つ。

会話はない。ただ摑《つか》んだ手は離《はな》さず、俺はぼんやりと変化する階層番号を眺《なが》める。

しばらくして胡桃《くるみ》さんが小さな声で話しかけてきた。

「……阿坂《あさか》くん、調《しらべ》ちゃんに謝るつもりだったんだ」

「そうだね」

「知ってたの？」

「相談は受けてた」

「そっか……。また調《しらべ》ちゃんに何かするのかも、なんて酷《ひど》いこと考えちゃったな」

「知らなかったんだから仕方ないよ」

エレベーターが到着《とうちゃく》する。

人は乗っておらず、乗り込んで四階と五階のボタンを押した。

「調《しらべ》ちゃんも、あんなに悩《なや》んでるなんて知らなかった」

まぁ、小倉《おぐら》の性格からして誰《だれ》かに相談することはないだろうしな。

特に相手が胡桃《くるみ》さんならなおさら。

気取られることすら嫌《いや》がっただろう。

「知らなかったなら、知ればいいだけだよ」

「……そうね。それとなく聞いてみる。……その、友達として」

「そうだね、それがいい。俺も何かあったらいつでも手を貸すから。嫁《よめ》の頼《たの》みなら何でも聞くよ！」

「まだ彼女よ、ばかっ！　……でも、ありがと。期待してる」

胡桃《くるみ》さんは笑《え》みを浮《う》かべる。よかった。

辛気《しんき》臭《くさ》い雰囲気《ふんいき》のまま別れるのは嫌《いや》だったからな。

「もちろん！　期待通りちゃんと嫁《よめ》にするから！」

「そっちじゃないんだけど⁉」

そうこうしているうちに四階に到着し、俺たちはそれぞれの部屋に戻《もど》った。

4

「お前は馬鹿だ。馬鹿だ馬鹿だと常日頃《つねひごろ》から思っていたが、まさかここまで馬鹿だとは」

「いや、ほんと申し訳ないです」

俺は目の前でお冠《かんむり》の物部《もののべ》先生に平謝《ひらあやま》りしていた。

時刻は八時半を少し過ぎた頃《ころ》。場所は夜空を望む露天風呂《ろてんぶろ》の中。

何故《なぜ》こうなったのか。それは遡《さかのぼ》ること約一時間前。

☆

胡桃《くるみ》さんと別れて部屋に戻《もど》った俺は、本日も桐島《きりしま》くんと大浴場へと向かうことにした。

昨日のこともあり阿坂《あさか》くんも誘《さそ》おうと後から帰ってきた彼にも声をかけたのだが、少し一人で考えたいことがある、とのことで本日は部屋風呂《ぶろ》を選択《せんたく》。

先ほどの一件の後だから、それも仕方ないだろう。

というわけで桐島《きりしま》くんと大浴場を訪《おとず》れ、本日の疲《つか》れを癒《いや》していたのだが……。

「んじゃ俺は先あがるわ」

「うい〜、俺は露天《ろてん》でもう少しゆっくりしてから戻《もど》るよ」

「おっけー」

露天風呂《ろてんぶろ》に浸《つ》かり、外気の肌寒《はださむ》さと温泉の温かさのはざまで極限の快楽に文字通りその身を沈《しず》めつつ、満天の星々を眺《なが》めていた俺は——爆睡《ばくすい》した。それはもうぐっすりと。

自宅の風呂場《ふろば》で寝落《ねお》ちしてしまうことがあるが、旅先ではさすがに初めてだ。

それだけ疲《つか》れていたということなのだろう。

寝落《ねお》ちすること自体はしばしばあるので溺《おぼ》れる心配はなかったが……問題はその後だった。

「……おい、おい」

「……んぇ？」

「なにが『んぇ』だ。起きろ笠宮《かさみや》」

誰《だれ》かに名前を呼ばれた気がして重たい瞼《まぶた》を持ち上げると、そこには物部《もののべ》先生の姿。

俺は目をこすり、周囲をきょろきょろ。

露天風呂《ろてんぶろ》——桐島《きりしま》くんと別れてから約一時間が経過した時計——全裸《ぜんら》の物部《もののべ》先生。

そこから導き出される結論はただ一つ——。

「ごめんなさい」

「寝起《ねお》きでよくそこまで頭を回せたな。ったく」

そして、現在に至るというわけだ。

物部《もののべ》先生は露天風呂《ろてんぶろ》の淵《ふち》にゆったり背中を預け、タオルを頭の上に載《の》せて息を吐《は》いた。

「はぁ……。まぁ、なんだ。いろいろと言いたいことはあるが、修学旅行中に怒《おこ》るのもあれだしな。今回は大目に見よう」

「ありがとうございます。……でも、ふと思ったんですけど、生徒は部屋風呂《ぶろ》で先生は大浴場なんですね」

「……」

「視線逸《そ》らさないでくださいよ。まるで脅《おど》してるみたいじゃないですか」

「……なにが望みだ」

「ほんとに脅《おど》してるみたいじゃないですか⁉」

物部《もののべ》先生はクックツ笑うと、湯船から出ていた肩《かた》に湯を掛《か》けた。

十一月末の夜ともなるとかなり冷える。

俺は一時間近くも寝落《ねお》ちしていたので若干《じゃっかん》のぼせているが。

露天風呂《ろてんぶろ》の湯気が夜空に昇《のぼ》っていくのをぼんやり眺《なが》める。

「笠宮《かさみや》、修学旅行はどんな感じだ？」

「楽しんでますよ。何枚か結婚式《けっこんしき》の時のスライドショーで使えそうな写真も撮《と》れましたし」

「お前って素でそれなんだな」

「それってなんですか、それって」

失礼な。俺は胡桃《くるみ》さんを世界の何ものよりも愛しているだけだというのに。

物部《もののべ》先生は、こちらの内心などまるで気にしないで続ける。

「でも、そんな写真が撮《と》れるくらい楽しんでるのなら……そりゃあよかったよ」

「それに関しては同意ですね。……っと、すいません。そろそろのぼせそうなのでお先に失礼します」

「おう。……あっ、そうだ。俺は風呂上《ふろあ》がりにビール飲んで爆睡《ばくすい》するつもりだが、夜はあんまり騒《さわ》ぎ過《す》ぎるなよー」

適当にひらひらと手を振《ふ》りながら一応といった風に告げる物部《もののべ》先生。

まったく、それでいいのか教師よ。

呆《あき》れつつも露天《ろてん》を後にしようとして、背中に声を掛《か》けられた。

「あと一日。最後まで楽しめよ」

「……はい、それはもう全力で楽しませていただきますよ」

端的《たんてき》に返しつつ、俺は風呂《ふろ》を上がった。

☆

脱衣所《だついじょ》で身体《からだ》を拭《ふ》いて浴衣《ゆかた》に着替《きが》え、ドライヤーで髪《かみ》を乾《かわ》かしてから大浴場を後にする。

暖簾《のれん》をくぐって廊下《ろうか》に出ると、同タイミングで女湯の暖簾《のれん》の向こうから二人の少女が出てくるのが視界に入った。……あれはっ！

「胡桃《くるみ》さん！　……と、小倉《おぐら》」

そこに居たのは愛するマイハニーとその友人。

こちらに気付いた二人は驚《おどろ》いた表情を見せる。

「あんたもちょうどお風呂上《ふろあ》がり？」

「そうだけど……、っ」

近付いて小首を傾《かし》げ尋《たず》ねてくる胡桃《くるみ》さん。

その表情は弛緩《しかん》しきっており、とろんとした目がこちらを見つめていた。

頬《ほお》は風呂上《ふろあ》がりのためか僅《わず》かに上気していて、しっとりとした髪《かみ》が妖艶《ようえん》な雰囲気《ふんいき》を醸《かも》し出《だ》している。正直、浴衣姿《ゆかたすがた》の胡桃《くるみ》さんというだけでも興奮が止まらないのに、そこに加えて風呂上《ふろあ》がり。――一瞬《いっしゅん》、息をするのも忘れて見惚《みと》れてしまうのも無理からぬことだった。

「どうしたの？」

「胡桃《くるみ》さんが魅力的過《みりょくてきす》ぎて見惚《みと》れてた。新婚《しんこん》旅行は温泉もいいね」

「い、いきなり何なの!?」

「嫌《いや》だったりする？」

「い――や、では、ないけども……」

もごもごと答えた後、口を結んで恥《は》ずかしそうに睨《にら》んでくる胡桃《くるみ》さん。

申し訳ないとは思いつつ、しかし彼女への愛情を抑《おさ》えられないのだ。

すると一部始終を見ていた小倉《おぐら》が呆《あき》れを多分に含《ふく》んだため息をついた。

「はぁ……、あんまりそういうこと人前で言ってると本格的に嫌《きら》われちゃうわよ？　──はっ！　そうじゃなくてもっと言っていった方が愛が伝わるわよ！」

「調《しらべ》ちゃん⁉」

「本性《ほんしょう》を取《と》り繕《つくろ》えていないにもほどがあるだろ、お前」

その言葉に小倉《おぐら》は舌打ちをして返した。

彼女もまた風呂上《ふろあ》がりのため頰《ほお》は朱色《しゅいろ》に染まり、普段《ふだん》きつめの瞳《ひとみ》も目じりが垂れ下がっていた。髪《かみ》は緩《ゆる》やかに下ろされていて、いつもと異なる雰囲気《ふんいき》を纏《まと》っている。豊満な胸は浴衣《ゆかた》を持ち上げ、帯で強調されたくびれに、彼女もまた胡桃《くるみ》さんとは別種のスタイルの良さを持つ少女なのだと再認識《さいにんしき》させられた。

こちらの視線に気付いた小倉《おぐら》はふんっと鼻を鳴らす。

「なに？」

「いや、別に。……それより胡桃《くるみ》さん、お風呂《ふろ》の方はどうだった？」

「部屋風呂《ぶろ》で済ませろって言った先生を恨《うら》む程度にはよかったわよ」

まったくもって同意だ。

「それはよかった。是非《ぜひ》とも今度は一緒《いっしょ》に入ろうね！」

「あれ⁉　そんな話だったっけ⁉」

「私はもう胡桃《くるみ》ちゃんと一緒《いっしょ》に入ったけどね」

「なんで張り合ってるの⁉」

突《つ》っ込《こ》み魔人《まじん》と化した胡桃《くるみ》さんにすり寄る雌猫《めすねこ》。

そりゃ、一緒《いっしょ》に大浴場から出てきたところを見るにそうなのだろうけども。

「……待て、つまりお前は胡桃《くるみ》さんの裸《はだか》を見たと？」

「お風呂《ふろ》に入ったんだから当たり前でしょ？」

「お、俺もまだ見てないのに！」

「ば、ばか！　何言ってるの⁉」

「えへへ、胡桃《くるみ》ちゃんスタイル良過ぎ。マジで目の保養になった」

「これが……寝取《ねと》られ？」

脳が破壊《はかい》されそう。

「背中流してあげるときに少し触《さわ》ったけど、肌《はだ》もすべすべで――」

「ぐあぁあああああっ！」

完全な寝取《ねと》られにより脳が破壊《はかい》されてしまった。

「くそっ……！　胡桃《くるみ》さん！」

「な、なに⁉」

「お風呂《ふろ》に行こう！」

「今出てきたんだけど⁉」

「家族風呂《ぶろ》的なやつがあるかもしれない。一緒《いっしょ》に入ろう！」

「家族でもないんだけど⁉」

「将来的に一緒《いっしょ》になるから大丈夫《だいじょうぶ》！　ホテルの人も分かってくれる！」

「ぜ、絶対に無理だから！　っていうか、入らないから！」

「小倉《おぐら》とは入ったのに⁉　どうして！」

「どうしてもこうしても調《しら》べちゃんは女の子だし！　……うぅ、あーもうっ！」

嘆《なげ》いていると、胡桃《くるみ》さんは呆《あき》れた表情を見せつつも吹っ切れたように声を上げた。

そして顔を真っ赤にしながら俺の耳元に口を寄せると、小さく囁《ささや》く。

「か、帰ってから……水着ありなら、一緒《いっしょ》に入ってもいいわよ……っ」

「っ！　よ、よし！　帰りの新幹線は何時かな？」

「まだ帰らないけど⁉」

スマホを取り出して調べようとしたら奪《うば》われてしまった。

「……ねぇ、二人で何の話してるの？」

「べ、別になんでもないわよ？」

訝《いぶか》し気《げ》な目を向けてくる小倉《おぐら》に対し、胡桃《くるみ》さんはしどろもどろになりながらも誤魔化《ごまか》していた。

きっと何も誤魔化《ごまか》せてはいないのだろうけど。

☆

小倉《おぐら》の追及《ついきゅう》を回避《かいひ》しつつ部屋に戻《もど》ろうと歩いていると、ある物を見つけた。

「ここ、卓球台《たっきゅうだい》もあるんだ」

エレベーターホールへと向かう道すがらに娯楽室《ごらくしつ》があり、その中央に本格的な卓球台《たっきゅうだい》がドンと鎮座《ちんざ》していた。近くにはラケットもあり『ご自由にお使いください』の文字も拝見できる。

「せっかくだしやってみる？」

とは胡桃《くるみ》さんからのご提案。

もちろん拒否《きょひ》などしない。胡桃《くるみ》さんと卓球《たっきゅう》なんて最高。

当然と言うか何と言うか、小倉《おぐら》も二つ返事で参加を表明してきた。

「……小倉《おぐら》は帰ってもいいのに」

「なんでよ。私も胡桃《くるみ》ちゃんと卓球《たっきゅう》したい。キャッキャうふふしたい」

「それは彼氏《かれし》の俺がするから」

「……」

「……」

「ぼこぼこにしてやる」

「絶対負けない」

というわけで、第一回戦は俺と小倉《おぐら》の対戦となった。

卓球台《たっきゅうだい》を挟《はさ》んで金髪《きんぱつ》ギャルと対峙《たいじ》。

「じゃ、私は審判《しんぱん》してるね〜」

胡桃《くるみ》さんは近くのベンチに座り俺と小倉《おぐら》の両方にがんばれー、と声援《せいえん》を送っていた。

かわいい。

「俺は経験者だからサーブはそっちからでいいぞ」

「……ふん」

ピンポン玉を手にして小倉《おぐら》が構える。

その立ち姿を見るに、彼女もまた卓球《たっきゅう》の経験がありそうだった。

ところで、俺がわざわざ小倉《おぐら》に勝負を仕《し》掛《か》けたのには単純にムカついた以外にも理由がある。

それすなわち、胡桃《くるみ》さんの前で小倉《おぐら》を打ち負かしていいところを見せたいという純度百パーセントの下心だ。言われたい、胡桃《くるみ》さんにきゃーきゃーと。

言っているところは欠片《かけら》も想像できないけれど。

とにかく小倉《おぐら》には悪いが、踏《ふ》み台《だい》になってもらうとしよう。

ぎゅっとラケットを構え直すのと、小倉《おぐら》がサーブを放ったのはほぼ同時だった。

カンッカンッ、と乾《かわ》いた音と共にピンポン玉が飛んできたので、救い上げるように打ち返す。

すると小倉《おぐら》も難なく打ち返し、しばらくラリーが続いて――。

「……っ」

俺が空振《からぶ》り、小倉《おぐら》に点が入った。

「二人とも卓球《たっきゅう》できるんだ」

にこやかな胡桃《くるみ》さんの声に、しかし小倉《おぐら》はじっと俺を見つめていた。

「……ねぇ、卓球《たっきゅう》やってたんだよね？」

「そうだが？」

「……？　そう」

小倉《おぐら》は不思議そうに小首を傾《かし》げた後、再度サーブ。

それは強い下回転がかかっていた。

「っ、くそ！」

手を出すも球ははじかれネットに引《ひ》っ掛《か》かり、またもや小倉《おぐら》の得点。

すると小倉《おぐら》が再度同じ質問を投げかけてきた。

「……ねぇ、卓球《たっきゅう》やってたんだよね？」

「だからそうだって言ってるだろ？　お前もなかなかやるようだな」

「な、なかなか……？　まぁ、中学生の時は卓球部《たっきゅうぶ》だったし。一年でやめたけど。そういう
あんたはどこでやってたの？」

「俺は去年、体育の選択《せんたく》種目で卓球《たっきゅう》を選んだ」

因《ちな》みにほかの選択《せんたく》種目はバスケとサッカー。

求められる運動神経の質が高すぎるんだよ。

「……それだけ？」

「あぁ、それだけだ。——さぁ、こい！」

「サーブはあんたからよ」

「おっとそうだった。せいっ」

そうして放った俺のサーブは、

「——って言うか、そんな付《つ》け焼刃《やきば》で敵《かな》うわけないでしょうがッ！」

恐《おそ》ろしい速度のスマッシュにより容易に打ち返されてしまった。

壁《かべ》に当たり床《ゆか》を転がるピンポン玉。

俺はそれを拾い上げるともう一度構えて——。

「そんなの、やってみないと分からないだろ！」

スポコン主人公みたいな台詞《せりふ》を吐《は》いたのだった。

☆

——負けた。

得点は十一—三、完敗である。

「調《しら》べちゃん、凄《すご》いね！」

「え、えへへっ、そ、そう？」

よいしょする胡桃《くるみ》さんに、デレデレする小倉《おぐら》。

くそう、本当なら俺が褒《ほ》められたかったのに。

しかし実力差があったのは事実。

と言っても、最後の方はなんとか三点取り返したので頑張《がんば》った方だろう。

小倉《おぐら》も本気で悔《くや》しがっていたので、情けを掛《か》けられたということもなさそうだし。

そんなわけで負けた俺が胡桃《くるみ》さんと場所を入《い》れ替《か》わり、二回戦は小倉《おぐら》vs胡桃《くるみ》さんのマッチが執《と》り行《おこな》われる。

「よろしくね、胡桃《くるみ》ちゃん！」

「う、うん。お手柔《てやわ》らかに……」

対峙《たいじ》する二人。

小倉《おぐら》が卓球強《たっきゅう》かったのは正直意外だったが……、俺は知っている。

――胡桃《くるみ》さんが運動神経抜群《ばつぐん》の完璧《かんぺき》美少女であるということを。

彼女は顔が良く、スタイルも良くて、性格もいい。加えて運動神経もいいのだ。

思い出すのはアミューズメント施設《しせつ》でバスケをした時のこと。

サクサクと点を取られたのはいい思い出だ。

「ふっ、胡桃《くるみ》さんは強いぞ」

俺は胡桃《くるみ》さんの後方のベンチに腰掛《こしか》け、腕《うで》を組みながら告げる。

「へぇ、それはちょっと楽しみかも」

ぺろりと唇《くちびる》をなめる小倉《おぐら》。

「ちょ、ちょっと！　ほんとにお手柔《てやわ》らかにね？」

「がんばれ胡桃《くるみ》さん！　胡桃《くるみ》さんなら勝てる！　小倉《おぐら》なんてやっつけろっ！」

「いくら彼氏《かれし》だからって贔屓《ひいき》しすぎじゃない⁉」

小倉《おぐら》が喚《わめ》くが気にしない。

俺はただ胡桃《くるみ》さんを全力で応援《おうえん》するのみだ。

サーブは胡桃《くるみ》さんから。

「じゃ、じゃあ行くわよ……っ、えい！」

……掛《か》け声可愛《ごえかわい》すぎない？

見事なフォームで放たれたピンポン玉は美しい曲線を描《えが》き——まっすぐネットに収まった。

これがサッカーなら先制点だ。しかし困ったことにこれは卓球《たっきゅう》。

「……」

「……」

どうしたんだと俺と小倉《おぐら》が視線を向けると、胡桃《くるみ》さんは耳まで真っ赤にしながら再度構え直していた。

「……っ、も、もう一回っ、……んっ♡」

今度は何故《なぜ》か色っぽい声だった。助かる。ありがとう。

しかし胡桃《くるみ》さんの放った球は、またもや綺麗《きれい》な曲線を描《えが》いてネットに一直線。

これには小倉《おぐら》も困ったようで、気まずそうに視線をそらす。

「あー、えっと……じゃ、じゃあ次私のサーブ……い、いくね？」

「……」

顔を真っ赤にして返事もできない胡桃《くるみ》さんに、小倉《おぐら》がサーブを出す。

ふんわりふわふわ、小学生でも簡単に返せる優《やさ》しいサーブボール。

胡桃《くるみ》さんはジッと凝視《ぎょうし》してラケットを握《にぎ》りしめ、渾身《こんしん》のスイング。

果たして——ボールは無情にも俺の足元に転がった。

それはもう見事な空振《からぶ》り。

コンコンとボールのはねる音だけが気まずい空気の中に響《ひび》く。

すると、とうとう我慢《がまん》の限界が来たようで……胡桃《くるみ》さんは赤くなっていた顔を手で覆《おお》うと、声を絞《しぼ》り出《だ》すように告げた。

「……じ、実はラケットとか道具とかを使う系のスポーツは苦手なのよっ」

恥《は》ずかしそうにする胡桃《くるみ》さん。

ここは彼氏《かれし》として慰《なぐさ》めるべきだろう。

「そんな胡桃《くるみ》さんも、たまらなく愛おしぃよ」

「フォローになってないんだけど⁉」

「大丈夫《だいじょうぶ》、俺が教えるから」

「あんたも調《しら》ちゃんに負けてたじゃない」

「それでも一応勉強はしたから問題ないよ」

小倉《おぐら》を倒《たお》してかっこいいところを見せよう作戦は失敗したので、変更《へんこう》である。

今度は大学のテニサー所属のチャラ男が如《ごと》く、手取り足取り指導させていただくとしよう。

俺は胡桃《くるみ》さんを後ろから抱《だ》きしめるように腕《うで》を取った。

「まず構え方はこう」

「……んっ、ちょ、ちょっと？　ち、近いんだけど」

「そんなことないよ！」

「は、恥《は》ずかしいし、離《はな》れてよ」

「離《はな》れたら教えられないじゃん」

「～～～っ！」

　正直自分で言っていて意味が分からないが、反応が可愛《かわい》いので続けさせていただく。

「このラケットはペンホルダーだから、握《にぎ》り方《かた》はこうじゃなくて、人差し指と親指でペンを持つみたいにして……そう、そんな感じ」

「も、もう、それくらい言葉だけでもわかるってば」

「……まぁ、本音を言うと好きな人と一分一秒でも触《ふ》れ合《あ》っていたいという下心なだけなんだけど。……そんなに嫌《いや》だった？」

　尋《たず》ねると、胡桃《くるみ》さんは顔を真っ赤にしたまま、小さく首を横に振《ふ》る。

「べ、別に嫌《いや》だとは……もう、ずるい」

　その言い方が一番ずるいと思うのだけど。

　これはもういけるところまでいけるのではないだろうか？

　修学旅行中だとか、ここはホテルはホテルでもラブホじゃないよ？　とか関係ない。

　暴走する愛は止められないのだ。

　なんて思っていると、

「だ、ダメダメダメ！　せめて目の前はやめてっ！」

悲壮《ひそう》な声が聞こえて来た。

誰《だれ》だと思って視線をやると悔《くや》しそうな表情の小倉《おぐら》の姿。やっべ、完全に忘れてた。

胡桃《くるみ》さんも同じだったのか、慌《あわ》てて居住まいを正そうとして——しかしその前に小倉《おぐら》は卓《たっ》球台《きゅうだい》を回り込んでこちらにやってくると、ラケットを持つ胡桃《くるみ》さんの手を取った。

「わ、私も教える！」

「いや、問題ない。胡桃《くるみ》さんには俺が手取り足取り教えるから！」

「ダメ。私の方が卓球《たっきゅう》上手《うま》いから！」

「ちょ、ちょっと二人とも⁉」

慌《あわ》てる胡桃《くるみ》さんをサンドイッチにする形で小倉《おぐら》と睨《にら》み合《あ》う。

すると小倉《おぐら》は俺が教えている途中《とちゅう》だったラケットの握《にぎ》り方《かた》を引《ひ》き継《つ》ぐ形で教え始める。

「胡桃《くるみ》ちゃん！　このタイプのラケットは裏を使わないから中指なんかで後ろを支えるようにすると打ちやすいよ！」

「し、調《しらべ》ちゃん⁉」

言いながら小倉《おぐら》はその豊満な胸を胡桃《くるみ》さんに押し付ける。

人によっては嫌悪感《けんおかん》を抱《いだ》いてもおかしくないだろうが、胡桃《くるみ》さんはどっちもいけちゃう系女子。そのアピールは間違《まち》ってないだろう。

「胡桃《くるみ》さん！　ボールを打つ時はまず軽く向こうに届けることを意識して打つとやりやすい

よ！」

「ちょ、ち、ちかっ……、ふ、二人とも、近いって！　はわ、はわわわっ！」

前門の巨乳《きょにゅう》、後門の彼氏《かれし》という状況《じょうきょう》に、あわわと顔を真っ赤に混乱する胡桃《くるみ》さん。

しかしここで引くわけにはいかない。

胡桃《くるみ》さんとイチャイチャするのは俺なのだからっ！

「胡桃《くるみ》さん！」

「胡桃《くるみ》ちゃん！」

「わ、あわわわわわっ！」

結局それから約三十分。

指導という名のセクハラは、我慢《がまん》の限界を迎《むか》えた胡桃《くるみ》さんが逃《に》げ出《だ》すまで続くのだった。

因《ちな》みに、混乱しつつも胡桃《くるみ》さんの口角が少し上がっていたのを俺は見逃《みのが》さなかった。

やはり小倉《おぐら》は要注意人物かもしれない。

「胡桃《くるみ》ちゃん、めっちゃいい匂《にお》いだったんだけど」

「お前、中身おっさんなのか？」

「うるさい、変態」

「鏡見ろ鏡」

胡桃《くるみ》さんが逃《に》げてしまったこともあり、突発的《とっぱつてき》に開催《かいさい》された卓球《たっきゅう》大会はお開きとなった。

5

「たけぇなぁ」

夜も完全に更《ふ》けて現在時刻は十時半。

消灯時間も過ぎて、部屋の外に出ることを禁止されている時刻であるが、俺は廊下《ろうか》の突《つ》き当《あ》たり――立ち並ぶ自販機《じはんき》を眺《なが》めて愚痴《ぐち》をこぼしていた。

何てことはない、喉《のど》が渇《かわ》いたので買いに来ただけだ。

しかし流石《さすが》はホテル価格。どれもお高い。

（……そう言えば、売店は安かったな）

一階までの移動となると先生に見つかる可能性もあるが……まぁ、いいか。

いざとなれば物部《もののべ》先生に頼《たの》むとしよう。一人のびのびと大浴場で疲《つか》れを癒《いや》していたことを持ち出せば、きっと穏便《おんびん》に済ませてくれるはずだ。

というわけでエレベーターに乗ってサクッと移動。

売店で京都ブランドのお茶を購入《こうにゅう》。

ついでに霞《かすみ》へのお土産《みやげ》をもう一度確認《かくにん》しておこうかな、なんて思い店内をぶらつこうとして俺の耳が聞《き》き逃《のが》すはずのない声を捉《とら》えた。

しかし、どうしてこんな時間にこんなところで？

疑問に思いつつ声の方へと向かうと、人気のない隅《すみ》で胡桃《くるみ》さんがスマホを耳に当てていた。

それにしても、本当にこの場所とは縁《えん》があるな。

（相手は気になるけど……盗《ぬす》み聞《ぎ》きはさすがに失礼だよな）

だがそれとは別に折角《せっかく》だし部屋まで一緒《いっしょ》に戻《もど》ろうと、彼女の電話が終わるまでお茶を飲んで待っていると——俺のラブラブイヤーが思いとは裏腹に彼女の美しい声を拾ってしまった。

「それは……うん……いや、無理かなって……っ、う、うん」

困ったような胡桃《くるみ》さんの声。

覗《のぞ》く彼女の表情には、卓球《たっきゅう》をしていた時のような笑顔《えがお》など欠片《かけら》も存在していない。

胡桃《くるみ》さんは下唇《したくちびる》を噛《か》み締《し》めて、電話の相手に何かを告げようとしては、飲み込むことを繰《く》り返《かえ》していた。

修学旅行が始まってから、そんな雰囲気《ふんいき》は欠片《かけら》も見せていなかったと思ったが……。

そう言えば昨日の朝——つまりは修学旅行初日、集合場所の学校に向かう電車の中でも彼女は浮《う》かない表情を見せていた。

それはまさしく今、目の前で見せているのと同じようなもので——。

「……でもっ、……うん、いや……あ、うん。——わかった。じゃあ、明日」

思考している間に電話は終わったらしい。

浮《う》かない表情の胡桃《くるみ》さんはスマホを浴衣《ゆかた》の袖《そで》に戻《もど》すと、しばらくその場に立《た》ち尽《つ》くす。

大きく息を吐《は》いて、もう一度スマホを取り出して操作。

少しの間画面をじっと見つめると、小さく首を振《ふ》って、スマホを再度袖《そで》に戻《もど》そうとしながら踵《きびす》を返して——そこでようやく俺に気が付いた。

「え、ええ⁉　な、なな、なんでいるの⁉」

「喉《のど》が渇《かわ》いたからお茶を買いに来たんだ。つまり運命だね！」

「そ、それは偶然《ぐうぜん》でしょうが」

「愛し合う二人が意図せず出会ったのなら、それは運命と呼ぶんだよ！」

「本質的には偶然《ぐうぜん》も一緒《いっしょ》でしょ。……はぁ」

胡桃《くるみ》さんは大きくため息をつくと、ちらりと自らのスマホを見る。

そこにはどういうわけか俺の連絡先《れんらくさき》が表示されていた。

胡桃《くるみ》さんは慌《あわ》てて画面を消すと、浴衣《ゆかた》の袖《そで》に戻《もど》して咳払《せきばら》い。

「ん、んんっ。……それより、聞いてた？」

「まぁ、少し。でも誰《だれ》と何を話していたのかは聞こえてないよ」

「…………そう」

小さく呟《つぶや》いて俯《うつむ》いてしまう胡桃《くるみ》さん。

その表情はやはり、先ほどまでの浮《う》かないものだ。

――だからこそ、俺がやるのはただ一つ。

「胡桃《くるみ》さん。何があったのかは分からない。だけど、俺は胡桃《くるみ》さんの味方で、胡桃《くるみ》さんが笑顔《えがお》になってくれるためなら何でもする。文字通り何でもだ。だから、何か悩《なや》みがあるのなら相談して欲しい。だって、俺は胡桃《くるみ》さんの未来の夫だからね！」

告げると、胡桃《くるみ》さんは唇《くちびる》を尖《とが》らせて、

「……最後のは余計だと思うけど……でも、ありがと」

少しだけ、笑《え》みを浮《う》かべてみせてくれた。

正直、無理をしているのはまるわかりだったが。


話を聞くため、場所を移して売店横のソファーに腰掛《こしか》ける。

時間も時間なので周りに人はおらず、穏《おだ》やかなBGMだけが館内をゆるやかに流れていた。

隣《となり》に腰掛《こしか》ける胡桃《くるみ》さんとの距離《きょり》は近く、拳《こぶし》一つ分って感じ。

「お茶いる？」

「……そうね、貰《もら》ってもいい？」

腰掛《こしか》けてしばらく。無言でなんと切り出せばいいのか悩《なや》んでいる様子だったので、緊張《きんちょう》をほぐすためにと差し出すと、思いのほかすんなりと胡桃《くるみ》さんは受け取った。

「ちなみに間接キスだね」

「そうね」

「……!?」

「……なに驚《おどろ》いてるのよ」

気にした様子もなく、キャップを開けてペットボトルに口を付ける胡桃《くるみ》さん。

コクコクと飲み込み、ありがと、と言って返してきた。

「……胡桃《くるみ》さんから、照れが消えた？」

いつもなら間接キスなんて言うと顔を真っ赤にしていたというのに。

返していただいたペットボトルを眺《なが》めつつ呟《つぶや》くと、胡桃《くるみ》さんがゆったりとこちらに寄りかかってくる。こ、これもどうしたというのか。いつもより積極的だ。

しかし俺はクールな男。落ち着いて対処できるはずだ。

「く、くりゅ、くりゅみしゃんっ、どどど、どうしたの？」

ね？

「あんたこそ……き、貴一《きいち》こそ、どうしたのよ」

「きっ――」

名前まで!?

以前一度呼んでくれたきり、全然呼んでくれなかったというのに！

状況《じょうきょう》に付いていけずおろおろしていると、胡桃《くるみ》さんがクスリと笑う。

「もう付き合い始めて半月以上よ？　間接キスだって気にしないし、名前も……うん。頑張《がんば》ってみた感じ」

「き、気にしないって……でも夕食のときはあーんですごい恥《は》ずかしがってたじゃないか！」

「……っ、あれは！　ほ、他の人が見てたから……それに言ったでしょ？」

胡桃《くるみ》さんは言葉を区切ると、俺の目をまっすぐ見つめて続けた。

「二人きりの時なら、素直《すなお》になれるって」

「〜〜っ」

「あっ、照れたぁ。私最近になってだんだんあんたのこと分かってきたけど、貴一《きいち》ってば自分はぐいぐい押してくるくせに、自分がされるのは弱いわよね」

「そ、そんなことは」

「ん〜？」

「ひょっ⁉」

否定しようとすると、胡桃《くるみ》さんがさらに体重をかけて手を握《にぎ》ってくる。

すべすべとした手は冷《ひ》え性《しょう》気味なのかひんやりとしていて、暖房《だんぼう》が効いて温かい当所において、とても気持ちがいい。

それは彼女も同じなようで……。

「手、すごい熱いね♡」

「愛の炎《ほのお》が燃え上がっているからね」

「そうなの？　気持ちいい」

ダメだ！　まったく効いていない！

結局イケイケな胡桃《くるみ》さんが落ち着くまで、俺は翻弄《ほんろう》されっぱなしになった。

☆

一息《ひといき》ついたところで、さてどうしたものかと考える。

出来うることならこの弛緩《しかん》した空気のまま胡桃《くるみ》さんに話してもらいたいものだけれど……あまり期待することは出来ないだろう。時間を掛《か》ければ彼女は教えてくれるだろうが、長居していると教師陣《じん》に見つかる可能性も高くなる。

そうなってしまえば本末転倒《ほんまつてんとう》だ。

なのでここは俺から尋《たず》ねることにした。

「……それで胡桃《くるみ》さん。何があったの？」

迂遠《うえん》な問いに意味などない。

単刀直入に切り込むと、胡桃《くるみ》さんは一瞬《いっしゅん》肩《かた》を強張《こわば》らせた。

しかし、ぎゅっと拳《こぶし》を握《にぎ》るとぽつぽつ話し始める。

「……お父さんがね、京都に居るの。それで明日の十一時、場所はこっちで指定していいから久しぶりに会えないかって」

それが先ほどの電話だったのだろうか。

別に会えばいいじゃないか、とは考えるまでもなく口に出来なかった。

何故《なぜ》なら、俺は胡桃《くるみ》さんが一人暮らしをしていることを知っているから。

そしてそれが家族と上手《うま》くいっていないからこその結果だということも。

だけど、具体的にどのような事情があったのかは当然ながら知らない。

俺が知っているのは、何かがあって、胡桃《くるみ》さんは一人で暮らすようになった。

ただそれだけなのだから。

「会いたくないの？」

「……そうね。会いたくない。きっと会わなくちゃいけないんだけど……でも、どんな顔をして会えばいいのか分からない。——いえ、どんな顔をして会いに来るのかが分からなくて、会いたくない」

初めて聞く、底冷えするような声。

俺が驚《おどろ》いたことに気付いたのか、胡桃《くるみ》さんは自嘲《じちょう》を浮《う》かべた。

「ごめんね。こんな顔、見せたくなかったのに……」

「何があったか聞いてもいい？」

「……聞いてもらってもいいの？」

「胡桃《くるみ》さんのことで聞きたくないことなんて何一つないよ。それだけ俺は、古賀《こが》胡桃《くるみ》という女の子を愛しているからね」

「……ん」

胡桃《くるみ》さんはくすぐったそうに瞑目《めいもく》して首肯《しゅこう》すると、ゆっくり昔のことを話し始めた。


ある日、モデルとしてスカウトされた。仕事をこなしていると自分でも驚《おど》くほどに成功した。するとある時から母親が、仕事の成功を自分のことのように、自分のこと以上に喜び始めた。

そこから何かがおかしくなり始めた。

順風満帆《じゅんぷうまんぱん》な仕事は、しかしあまりにも上手《うま》くいきすぎていて、怖《こわ》くなって一度休もうと思っても母親のことを考えればそうもいかない。そうしてズレた歯車を回し続けた結果、古賀家《こがけ》は壊《こわ》れてしまった。

父親が「一度距離《きょり》を置いた方がいい」と口にして家を出て行き、胡桃《くるみ》さんも後を追うように家を出て、母親の元を離《はな》れ一人暮らしを始めた。

そして、それからはどちらとも連絡《れんらく》を取っていなかった、と。

「……それで、一年ぶりに電話をかけてきたのが、二日前」

二日前と言えば、修学旅行出発の前日だ。

「なるほど、それで元気がなかったんだね？」

「ん、まぁ、そんな感じ」

話を聞く限り、会いたくないと語る胡桃《くるみ》さんの気持ちが分かった気がした。

同時に、会ってきちんと話をしないと、この問題の根本的解決にはならないということも。

胡桃《くるみ》さんの様子を見るに、気まずいから会いたくないといったような、単純な問題ではないことはわかる。隣《となり》に座る胡桃《くるみ》さんは、どこか怯《おび》えているように見えた。

父親が怖《こわ》いのか、それとも……。

「胡桃《くるみ》さんは、なにが怖《こわ》いの？」

「……っ、わかるんだ」

「愛しているからね」

「もう。……でも、何だろ、今はまだ言葉に出来ない。ごめん」

「別に謝ることじゃないよ。胡桃《くるみ》さんはどうしたいの？」

「……会いたくない」

きゅっと、俺の浴衣《ゆかた》の袖《そで》をつかむ胡桃《くるみ》さん。

だから一々行動がかわいいんだって。

俺は怯《おび》える彼女を安心させるようにその手を握《にぎ》りながら告げる。

「でも、胡桃《くるみ》さんは会わなくちゃいけないって、そう言ったよね？」

「……ん。……会わないと、たぶん何も解決しないってことは、分かってる」

でも、と彼女は不安に揺《ゆ》れる瞳《ひとみ》で俺を真正面から捉《とら》えて、

「怖《こわ》いよ」

と蚊《か》の鳴くような声で絞《しぼ》り出《だ》した。

すっかり憔悴《しょうすい》しきっている様子の胡桃《くるみ》さんだが、それも仕方がないだろう。

胡桃《くるみ》さんは中学生の時に俺を助けてくれたり、クラスの悪意が小倉《おぐら》に集中した際に、すべてを投げ出してでも助けたりと、普通《ふつう》の人なら怖《こわ》くて出来ないことをできる人である。

しかしそれは誰《だれ》かを助けるため、という理由があってこそ。


――そもそも古賀胡桃《こがくるみ》という少女は、自分のことに関してはめっぽう弱いのだ。


何せ、一度は飛び降りる直前まで追《お》い詰《つ》められたほどなのだから。

むしろこうして誰《だれ》かに相談してくれていることは大きな成長と言えるだろう。

ならば俺がしてあげられることなんて一つしかない。

それ即《すなわ》ち、胡桃《くるみ》さんの背中を押すことだ。

「逃《に》げることも必要だ、なんて俺は言わないよ」

「……っ」

「進んだ先の結果はわからないけれど、逃《に》げた先の結果はわかるからね」

例えばそれは、先ほどの小倉《おぐら》と阿坂《あさか》くんの一件。

彼もまた悩《なや》んでいた。許してもらえるかどうかわからないけど謝罪するか、それとも逃《に》げるか。結果として彼は謝罪し、許してはもらえなかったけれど、それでもいい方向に進んだのは間違《まちが》いない。だが逃《に》げていれば……。

俯《うつむ》いて下唇《したくちびる》を噛《か》みしめる胡桃《くるみ》さんに俺は続ける。

「怖《こわ》いのはわかる。でもやらなきゃいけないなら、やるしかないんだ」

「……だけどっ」

胡桃《くるみ》さんの怯《おび》えはまだ拭《ぬぐ》えない。

否、拭《ぬぐ》うことなど無理なのかもしれない。

ならば発破《はっぱ》をかけるしかない。

「胡桃《くるみ》さん。夕食の後のこと、覚えてる？」

「……えっと、調《しらべ》ちゃんのこと？」

「そう。あの時、阿坂《あさか》くんは小倉《おぐら》に謝罪した。許してもらえるか分からないけど、それでも」

「で、でも、あれは、彼が悪くて……」

「そうだね。悪いから謝罪するのが道理。しないことが間違《まちが》っているのは分かっていた。つまり、阿坂《あさか》くんもまた逃《に》げた結果はわかっていたから、謝罪したんだ。まぁ、結果はあまり芳《かんば》しくはなかったけど、それでも以前よりはいい方向に進んだと俺は思ったよ。……胡桃《くるみ》さんはどう思った？」

「……私もそう思った。けど……」

「俺は思うんだ。……どれだけ怖《こわ》くても、しなきゃいけないことはある、って」

やるしかないから、やる。

結局のところ、それだけなのだ。

「……」

俺の言葉を受け、胡桃《くるみ》さんは俯《うつむ》き黙《だま》り込《こ》む。

十秒、二十秒と経過して、緊張《きんちょう》からか背中に嫌《いや》な汗《あせ》をかき出した頃《ころ》——彼女は顔を上げた。

その瞳《ひとみ》はまだ不安に染まっていたけれど、胡桃《くるみ》さんはゆっくりと声を絞《しぼ》り出《だ》す。

「あ、会いに行く前……一回抱《だ》きしめて。……そ、それで、頑張《がんば》るから」

口をきゅっと横に結び、俺の手を握《にぎ》る胡桃《くるみ》さん。

返す言葉は決まっていた。

「一回だけじゃなくて何回でも抱《だ》きしめるよ」

「……ううん、一回だけで大丈夫《だいじょうぶ》」

「いやいや、遠慮《えんりょ》しなくても」

「遠慮《えんりよ》とかそういうのじゃなくて」

「……」

「……」

「……えい」

ぎゅっと抱《だ》きしめる。

「なんで今⁉」

「胡桃《くるみ》さんに勇気を送り込んでいるんだ」

「下心しか感じないんだけど⁉」

「そんなことはない！　愛情も感じるはずだ！」

「やっぱり勇気はないじゃない！　もー！」

ぷんぷんと可愛《かわい》らしく『私、怒《おこ》ってます』みたいな表情を見せる胡桃《くるみ》さん。

文句を口にしつつも、しかし離《はな》れようとするどころか大人しく収まっているあたり、嫌《いや》なわけではないのだろう。

「がんばって、胡桃《くるみ》さん」

「……むしろ、最初からその一言だけでよかったのに」

案外、俺が思っている以上に胡桃《くるみ》さんの心は強くなっているのかもしれない。

☆

「さて、たっぷりイチャイチャしたことだし、そろそろ部屋に戻《もど》ろうか」

先生に見つかる前に早く帰らねば。

ソファーから立ち上がって胡桃《くるみ》さんを見やると、彼女は両手で顔を隠《かく》しながらぼそぼそと何事かを呟《つぶや》いていた。

「……もう、私はなんであんな……はぁ、確かに二人きりだったけど、修学旅行先のホテルよ？　あぁ、もう。ほんと、疲《つか》れがたまってるから……？」

どうやらいまさらながらに羞恥《しゅうち》が顔を出したらしい。

相も変わらず可愛《かわい》いなとほっこりしていると、

「……あ～？　お前らこんな時間に何やってんだぁ？」

どこか間延びした、そして聞きたくない声が聞こえてきた。

振《ふ》り返《かえ》った先に居たのは見慣れた担任教師の姿。

「あー、こんばんは、物部《もののべ》先生」

「おう、さっきぶりだな……じゃなくて、生徒は部屋にいる時間のはずなんだがなぁ？」

暗にどういうことかと尋《たず》ねてくる彼に、俺は躊躇《ちゅうちょ》なく答えた。

「逢引《あいび》きってやつですよ」

「ち、違《ちが》うけど⁉」

「さっきまでそれはもう二人だけの空間を形成してイチャイチャしてました」

「はぁ……いつものやつか。ほどほどにしろよ、お前ら」

「私も⁉」

呆《あき》れたようにため息をつく物部《もののべ》先生に、胡桃《くるみ》さんは嘆《なげ》く。

そんな照れなくてもいいのに。

「ったく、ほんとこれだからバカップルは！　俺だって可愛《かわい》い彼女と旅行に行きてぇよ！」

「せ、先生……？」

愚痴《ぐち》るように語る彼は平素とは様子が異なって見えた。

いつもあけっぴろげではあるが、さすがにここまでぶっちゃけたりしない。

彼は生徒に対しても比較的《ひかくてき》フランクな対応をするが、それでも生徒と教師の線引きはきちんと考えているタイプの人間だ。

どうしたのか……って酒くさ！

胡桃《くるみ》さんも気付いたのか鼻を押さえつつ、物部《もののべ》先生に尋《たず》ねていた。

「先生、酔《よ》ってます？」

「まぁ、強《したた》かにな。っと、そうだ。足りなくなったから買いに来たんだった」

ふう、と大きく息を吐《は》いて物部《もののべ》先生は売店の方へ。

何とはなしに付いていくと、彼は京都の地ビールを三缶《かん》も購入《こうにゅう》していた。おい教師。

「そんなに飲んで大丈夫《だいじょうぶ》なんですか？」

胡桃《くるみ》さんが再度尋《たず》ねると、物部《もののべ》先生は購入《こうにゅう》したビールを大事そうに抱《かか》えながら答える。

「まぁ、大丈夫《だいじょうぶ》だ。学年主任にばれると怒《おこ》られるだろうが……あの人もビール好きだし、いざとなればよいしょしながら奢《おご》れば許してくれるだろ」

大人の酒への愛情を垣間見《かいまみ》た瞬間《しゅんかん》だった。

その答えを受け、胡桃《くるみ》さんは顎《あご》に手をやり彼の抱《かか》えるビールに視線をやる。

物部《もののべ》先生も気付いたのか、抱《かか》え直《なお》しながら告げた。

「未成年は飲むなよ」

「の、ののの、飲まないですよ！　飲んだこともないですよ！　ただ、どんな味なのかなぁ、って。大人がそんなに好きになるほどおいしいんですか？」

その質問に、物部《もののべ》先生は手元のビールに視線を落としつつ、そうだなぁ、と口にする。

「確かに、美味《うま》いっていうのもある。旨《うま》い飯食って、美味《うま》い酒を飲む。そういう楽しみ方もある！　……だけど、俺は酒の良さは酔《よ》いにあると考えている」

「酔《よ》い？」

「そうだ。何しろ、酔《よ》っぱらうといろんなしがらみから解放されるからな。めんどくさいことを考えなくて済むし、悩《なや》んで眠《ねむ》れなくなることもない。まさに魔法《まほう》の飲み物なんだよ」

飲み過ぎると翌朝が辛《つら》いけどな、と苦笑《くしょう》しながら付け足して、物部《もののべ》先生はエレベーターの方へと踵《きびす》を返した。

「まっ、酒の味は二十歳《はたち》になるまで我慢《がまん》するんだな。酔《よ》っぱらうのは楽しいぞー。……それじゃ、他の先生方に見つかる前にさっさと部屋に戻《もど》れよ～」

物部《もののべ》先生はいつもより間延びした声で言い残し、どこか機嫌《きげん》よく鼻歌を歌いながら背を向けて去っていった。知らない人が見れば、とてもではないが修学旅行の引率中《いんそっちゅう》の教員だとは思わないだろう。

(酔《よ》っぱらうのは楽しいぞ、か)

……それにしても。

思い出すのは初めて胡桃《くるみ》さんの家にお邪魔《じゃま》した日のこと。

酒を口にこそしていないけれど、あの日俺たちはべろんべろんに酔《よ》ってしまった。

ちらっと胡桃《くるみ》さんを見ると、彼女も思い出していたのか顔を赤くしている。

「……確かに、楽しかったね」

「っ！ ……そ、そう、だった？」

「えっ、覚えてないの⁉ 胡桃《くるみ》さんが俺のファーストキスを奪《うば》ったあの日のことを！」

「う、うるさい！ 覚えてない！ 全部忘れた！」

「それじゃあもう一度酔《よ》っぱらって思い出そうじゃないか！ 大丈夫《だいじょうぶ》！ 飲まなくても酔《よ》える

ことは実証済みだから！」

「し、しない！　絶対しないからっ！」

「どうしてだ！　今はあの時とは関係性も違《ちが》うし、少し酔《よ》いが回ったところで二人仲良く大人の階段を昇《のぼ》ろうじゃないか！」

「……っ」

告げると彼女は押し黙って気まずそうに視線を逸《そ》らした。

たまにそうするけど、一体どういう意味なのだろうか。

そろそろ聞いてみようかな、と思ったところで――足音。

まさか別の先生が来たのではと一瞬《いっしゅん》焦《あせ》ったが、そこに居たのは小倉《おぐら》だった。

「胡桃《くるみ》ちゃん？　電話長いけど何か――って、なんで笠宮《かさみや》もいるの？」

「運命だな」

「偶然《ぐうぜん》よ」

小倉《おぐら》は俺と胡桃《くるみ》さんを交互《こうご》に見やり、やがて大きくため息を吐《は》く。

「はぁ……。とにかく遅《おそ》かったのは逢引《あいび》きしてたってこと？　別に、付き合ってるし二人きりで会うのは何も言わないけど……でも、心配だからせめて遅《おそ》くなるって連絡《れんらく》ぐらい欲しかったな」

どうやら小倉《おぐら》は、なかなか帰ってこない胡桃《くるみ》さんを心配して様子を見に来たらしい。

それはなんと言うか、申し訳ない気もしないでもない。

「ご、ごめんね調《しらべ》ちゃん！」

「……ん、別にいいけど」

「ほ、ほんとにごめん！」

拗《す》ねる小倉《おぐら》に謝罪の言葉を口にする胡桃《くるみ》さん。

まぁ、これに関しては悪いのは胡桃《くるみ》さんなのだから仕方ない。

「……じゃあ、今日一緒《いっしょ》に寝《ね》てくれたら許してあげる」

前言撤回《てっかい》。こいつは悪だ。

「ほんと？　いいよそれくらい」

「胡桃《くるみ》さん⁉」

「そ、それじゃあ早く部屋に戻《もど》ろ！　うん、すぐに戻《もど》ろう！」

「え、あ、う、うんっ」

そうして胡桃《くるみ》さんの手を取ってエレベーターの方へと向かおうとする小倉《おぐら》。

俺は堪《たま》らず、そうはさせるかと小倉《おぐら》が握《にぎ》っているのとは逆の手を取ろうとして——、その前に胡桃《くるみ》さんは小倉《おぐら》に一声かけてから立ち止まる。

そのままこちらに駆《か》け寄《よ》ってくると、胡桃《くるみ》さんは上目遣《うわめづか》いに見つめて告げた。

「話、聞いてくれてありがと。おやすみ」

それだけ言って、胡桃《くるみ》さんは小倉《おぐら》と部屋に戻《もど》っていった。

個人的には仲良く二人で部屋に戻《もど》りたかったのだが……まぁ、行ってしまったものは仕方ない。スマホの画面を見るとすでに十一時を回っていた。

今日はテーマパークに行ったり卓球《たっきゅう》をしたりと忙《いそが》しかったうえに、修学旅行はまだ一日残っている。

「俺も、寝《ね》に戻《もど》るかな」

一人ぼやいて部屋に戻《もど》ろうとして、ぐぅ、と腹が鳴った。

夕食が早い弊害《へいがい》だ。いや、卓球《たっきゅう》をしたからか？

兎《と》にも角《かく》にもカロリー消費の多い一日だったことには間違《まちが》いない。

俺はホテルに併設《へいせつ》されていたコンビニに入っておにぎりを購入《こうにゅう》。

一人ゆっくり部屋に戻《もど》ると、電気が明々と点《つ》いた中で桐島《きりしま》くんや阿坂《あさか》くんたちが雑魚寝《ざこね》同然の様相で爆睡《ばくすい》しているのを発見した。辺りにはトランプが散らばっている。

そう言えば俺も参加していたのだが、途中《とちゅう》で飲み物を買いに出たのだったか。

「仕方ないな」

途中《とちゅう》で抜《ぬ》けた申し訳なさもあるので散らばったカードをケースに戻《もど》してから電気を消す。

寒くないように暖房《だんぼう》の温度を確認《かくにん》し、空気が乾燥《かんそう》しないよう加湿《かしつ》器のスイッチも入れる。

「んぁ、戻《もど》ったのか？」

「ごめん、起こした？」

「いや、問題ない。……何か手伝うか？」

「寝《ね》てていいよ」

「うい～」

一瞬《いっしゅん》顔を起こした桐島《きりしま》くんだったが、数秒の後にこてんと眠《ねむ》りに落ちた。

彼もかなり疲《つか》れていたのだろう。

俺は部屋の奥にあるテーブルと椅子《いす》が置かれた謎《なぞ》スペースに赴《おもむ》き、買ってきたコンビニ飯を広げた。それにしても、ここなんていう名前なんだ？

調べると広縁《ひろえん》と言うらしい。

「なーんか、落ち着くんだよなぁ」

なんて独り呟《つぶや》き、おにぎりを頬張《ほおば》る。具は鮭《さけ》。

重くないチョイスである。

窓の外に視線を移すと、京都の街が一望できた。

と言っても、時間も時間なので綺麗《きれい》というほど明かりはついていないが。

「……さて。明日どうなるか。だな」

お茶を飲み、おにぎりを食う。

何気なく見上げた夜空は、雲が星を覆《おお》い隠《かく》していた。

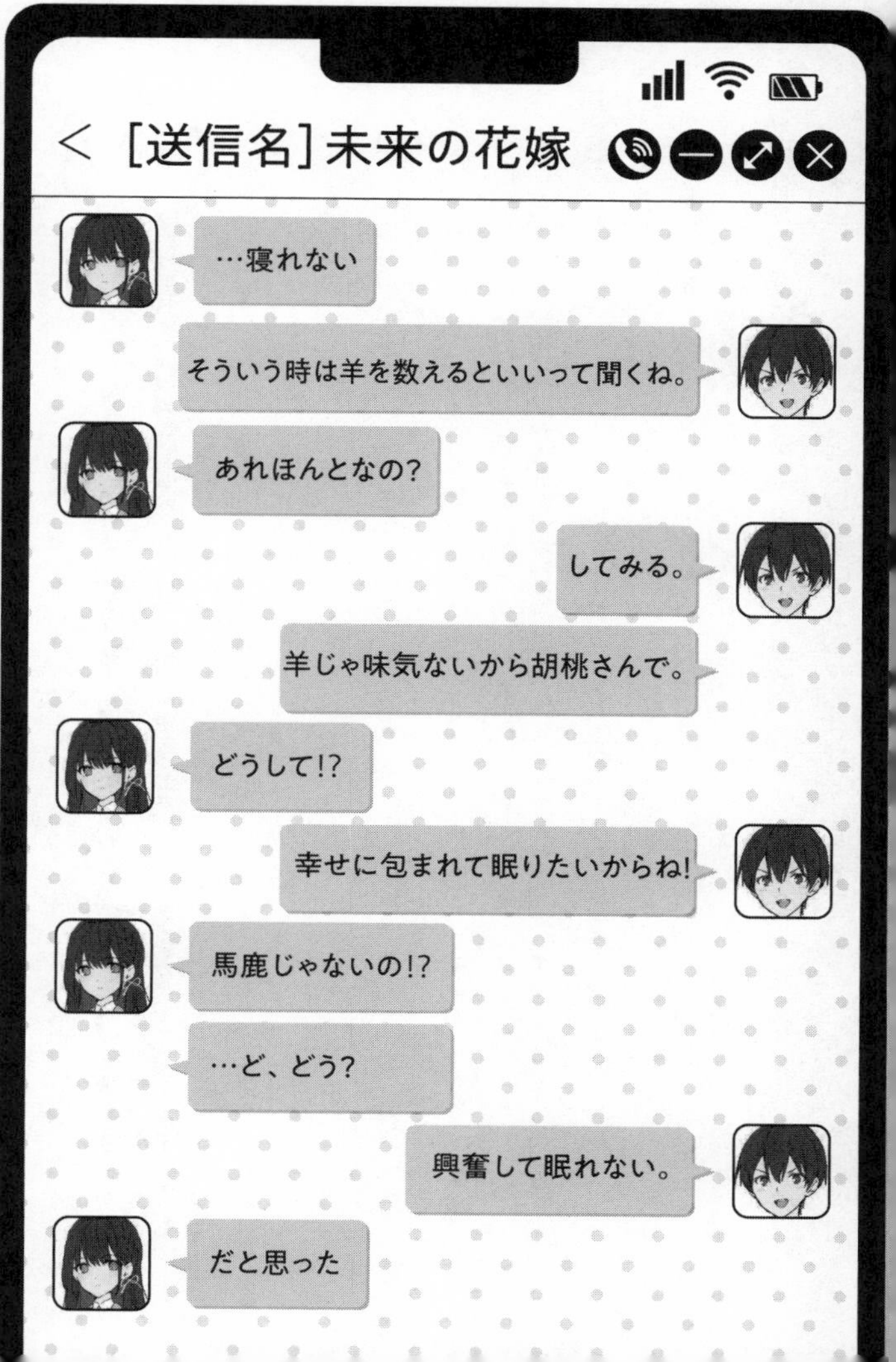
< [送信名]未来の花嫁
…寝れない
そういう時は羊を数えるといいって聞くね。
あれほんとなの?
してみる。
羊じゃ味気ないから胡桃さんで。
どうして!?
幸せに包まれて眠りたいからね!
馬鹿じゃないの!?
…ど、どう?
興奮して眠れない。
だと思った

第四章 修学旅行三日目

1

修学旅行も最終日を迎《むか》える本日。

これにて胡桃《くるみ》さんとの楽しい旅行も最後かと思うと、やはり寂《さび》しいものである。また今度二人で遊びに行けばいいだけの話ではあるのだけれど、それはそれとして——。

(なんだかんだで、『修学旅行』として楽しかったからな)

桐島《きりしま》くんや小倉《おぐら》、それにルームメイトになった普段《ふだん》話さないクラスメイトなど。

胡桃《くるみ》さんとの思い出以外にも、個人的に楽しい旅行だった。

兎《と》にも角《かく》にも、今日も今日とてより良い思い出を作れたらと切に願うのだが、そうも言っていられないのが現状なわけで……。

寝起《ねお》きの気分は若干《じゃっかん》ブルー。

テレビでは昨日も見た女子アナが最低気温の更新《こうしん》をお伝えしているし、本日の天気は昨夜見たものと同じく雲が空を覆《おお》い隠《かく》していた。ここ二日間の快晴が懐《なつ》かしい。

けれど何より俺の心を曇《くも》らせているのは隣《となり》に座る胡桃《くるみ》さんの表情だった。

朝食も終えてホテルを出発し、最終日の目的地へと向かう電車の中。

胡桃《くるみ》さんは膝《ひざ》に手を乗せて、ぼんやりと窓の外を眺《なが》めていた。

表情は浮《う》かなくて、どこか緊張《きんちょう》している様子。

膝《ひざ》の上の手も僅《わず》かに震《ふる》えており、それを隠《かく》すようにキュッと握《にぎ》りこぶしを作っていた。

昨日話していたことが原因であろうことは間違《まちが》いない。

(胡桃《くるみ》さんは十一時って言ってたっけ)

今から緊張《きんちょう》していたら精神的に持たないだろう。

それに、それればかりに気を取られて最終日を楽しめなければ目も当てられない。

「胡桃《くるみ》さん、大丈夫《だいじょうぶ》？」

「……っ、だ、大丈夫《だいじょうぶ》よ」

「それ、大丈夫《だいじょうぶ》じゃない時の声じゃん」

「ぐっ……」

図星を突《つ》かれたように声を漏《も》らした彼女は気まずそうに視線を逸《そ》らした。

「抱《だ》きしめようか？」

「いまっ!?」

「胡桃《くるみ》さんが困っているのなら、いつ、どこで、どんな時でも抱《だ》きしめて勇気をあげるよ」

「恥《は》ずかしいからやめて」

「抱《だ》きしめられることは嫌《いや》じゃないんだね」

言うと、胡桃《くるみ》さんは不満そうに頬《ほお》を膨《ふく》らませながら上目遣《うわめづか》いに見つめてきた。

「……嫌《いや》なわけないでしょ。ばか」

不貞腐《ふてくさ》れたように吐《は》き捨《す》て、俺の肩《かた》に頭を乗せる胡桃《くるみ》さん。

「よし、そうと決まれば早速《さっそく》――」

「ばっ、こらっ！　時と場所はわきまえてってば！」

「そうだった。こういうのは二人きりの時に、だったね」

「そ、それは、そうだけど……そうなんだけど……っ」

何かを言いたそうにわなわなと肩《かた》を震《ふる》わせる胡桃《くるみ》さんだったが、やがてあきらめたように大きくため息をついた。

「はぁ。もう……励《はげ》ますにしても、もっと他にないわけ？」

「何のことかな？」

「それくらいわかるわよ、ばか」

とぼけてみたけれど魂胆《こんたん》は見透《みす》かされていた模様。

「通じ合ってるって感じでドキドキするね」

「はいはい」

軽く流してみせる胡桃《くるみ》さん。

表情こそ平素の涼《すず》しげなものに戻《もど》っていたけれど、その手はまだ震《ふる》えていた。

「仕方ない。抱《だ》きしめられないなら、今はこれで」

そう言って、俺は胡桃《くるみ》さんの手を握《にぎ》った。

冷たくて小さく震《ふる》える手を、まるで壊《こわ》れ物《もの》を扱《あつか》うように優《やさ》しく。

一瞬《いっしゅん》強張《こわば》ったけれど、胡桃《くるみ》さんも握《にぎ》り返《かえ》してくれた。

恋人繋《こいびとつな》ぎではないものの、確かに握《にぎ》られた手。

「……ありがと」

耳元で小さく囁《ささや》かれた声はまだ不安の色が残っているようだったが、それでも最初よりは幾《いく》分《ぶん》か安心しているようにも聞こえた。

この調子で、最終日を楽しんでくれるといいのだが——。

☆

「ね、ねぇ！　早く行きましょ！」

「胡桃《くるみ》さんとならどこへでも！　人生という道を共に歩いていこう！」

「じゃあ、まずは……ここ！　竹林《ちくりん》の小径《こみち》から！」
そう言って観光マップを手にして道順を確かめる胡桃《くるみ》さん。
そこには先ほどまでの不安の色は一切《いっさい》存在しなかった。
理由は単純――訪《おとず》れた場所に興奮しているからだ。
いったいどれくらい興奮しているのかというと、
「古賀《こが》のテンションの上《あ》がり幅《はば》やべーな」
いつも冷静で優《やさ》しい桐島《きりしま》くんが、若干《じやつかん》引くぐらいには興奮していた。
だが、個人的にはそれも仕方のないことだと思う。
何せ修学旅行最終日である本日訪《おとず》れたのは名所も名所。
京都の有名どころがぎゅっと一堂に集まった地域――嵐山《あらしやま》なのだから。
正直、俺もかなりワクワクしていた。
何しろ嵐山《あらしやま》は様々なアニメの聖地になっているからね。オタクとしては外せない。
有名どころだと胡桃《くるみ》さんも言っていたけれど竹林《ちくりん》の小径《こみち》や、あとは渡月橋《とげつきよう》など。
これに加えて他にもあるというのだから興奮しない方がおかしい。
つまり桐島《きりしま》くんがおかしいと言える。……それは言い過ぎか。
何はともあれ、
「は、早く行きましょ！」

胡桃《くるみ》さんが楽しんでくれているのなら、それ以上に望むことなど何もない。

☆

まず初めに竹林《ちくりん》の小径《こみち》に赴《おもむ》き、次いで天龍寺《てんりゅうじ》の中を観光。

どちらも有名観光地というだけあって、かなり見応えがある。

胡桃《くるみ》さんなど写真を撮《と》る手が止まらない止まらない。

それを撮《と》る俺の手も止まらない止まらない。

一息入れて近くのベンチに腰掛《こしか》けながら撮影《さつえい》した写真の整理（消すのではなく胡桃《くるみ》さんか胡桃《くるみ》さん以外かをアルバムに分類）していると、横から小倉《おぐら》が覗《のぞ》き込《こ》んできた。

「ねぇ、それ私にも貰《もら》えない？」

因《ちな》みに胡桃《くるみ》さんと桐島《きりしま》くんはお手洗いに行っていて今は居ない。

以前までの俺なら迷う間もなく即《そく》断っていたところだが――。

「……わかったよ」

逡巡《しゅんじゅん》した後、俺は首肯《しゅこう》を返した。

すると小倉《おぐら》がキョトンと目を丸くさせる。

「意外。絶対断られるかと思ってた」

「ならやらん」

「う、嘘《うそ》だってば！」

慌《あわ》てて弁明する小倉《おぐら》。

正直、俺だって意外である。以前の自分にこのことを教えても絶対に信じなかっただろう。ならどうして認めたのかと問われれば、この二日間——否、小倉《おぐら》が逃《に》げ出《だ》したあの屋上の一件以降の彼女の様子と、それに対する胡桃《くるみ》さんの対応を見て、としか言いようがない。

小倉《おぐら》が胡桃《くるみ》さんに対して友愛以上の想《おも》いを抱《いだ》いていることは危惧《きぐ》すべき事項《じこう》ではあるものの、それを抜《ぬ》きにすれば、俺が小倉《おぐら》を忌《い》み嫌《きら》い続けることは二人にとって良くない方向へ進むのではないかと判断した。

特に、昨夜の小倉《おぐら》と阿坂《あさか》くんの一件での発言を聞いていてそう思う。

（……それに元々これは胡桃《くるみ》さんと小倉《おぐら》の問題だしな）

そろそろ俺も溜飲《りゅういん》を下げる頃合《ころあ》いなのだろう。

「ならコーヒーを奢《おご》ってくれ。ただでやるのは気に食わん」

「まぁ、それくらいならいいけど」

不服そうにつぶやいて近くの自販機《じはんき》でホットな缶《かん》コーヒーを買ってくる小倉《おぐら》。

いや、今というわけではなかったのだが……。

しかし買ってきてもらったものは仕方ない。

コーヒーを受け取るとスマホを取り出す。

メッセージアプリを通じて小倉《おぐら》に写真を送ろうとして——その前に彼女は画面にＱＲコードを表示させた。

「……あ？」

「なんで一々高圧的なのよ。……友達。登録してなかったでしょ」

「そう言えばそうか」

表示されたＱＲコードを読み取ると、小倉《おぐら》のＬＩＮＥアカウントが表示される。

てっきり自意識高めの自撮《じど》り写真をプロフィール画像にしていると思ったのだが、そこに映っていたのはおそらく小学校に入る前か入った直後くらいであろう小倉《おぐら》の写真。

なるほど、こういう系か。

だからどうだというわけではないが。

「まさか、お前の連絡先《れんらくさき》を登録する日が来るとはな」

「私もびっくり」

適当に言い合いつつ、俺は小倉《おぐら》の連絡先《れんらくさき》を登録。

友達の欄《らん》に小倉《おぐら》の名前が追加された。

☆

それは土産物屋《みやげものや》や食べ歩きの店を散策しつつ、嵐山《あらしやま》のメインと言っても過言ではない渡月橋《とげつきょう》を渡《わた》り、一通り写真を撮《と》り終《お》えた時だった。

「……あ、あのっ！」

僅《わず》かに言葉に詰《つ》まりつつもそう切り出したのは、俺の愛する少女――胡桃《くるみ》さんである。

寒風に髪《かみ》がたなびくのを手で押さえつつ、真剣《しんけん》な表情で桐島《きりしま》くんと小倉《おぐら》を見つめていた。

（そうか、そろそろか）

ちらりとスマホで時間を確認《かくにん》すると、現在時刻は十時四十九分。

十一時の待ち合わせ時刻まであと少しだった。

場所がどこかまでは聞いていないが、今切り出したということはここからそう遠くないのだろう。

先ほどまでテンション高く観光を楽しんでいた胡桃《くるみ》さんの変貌《へんぼう》に、事情を知らない二人は驚《おどろ》きと困惑《こんわく》がない混ぜになった表情で小首を傾《かし》げる。

胡桃《くるみ》さんは一度大きく息を吸うと、噛《か》まないようにゆっくりと告げた。

「実は、この後少し用事があって……それで、少し抜《ぬ》けてもいいかな？」

「用事？　何か買いたいものがあるなら付き合うよ？」

「俺も付き合うが……」

小倉《おぐら》と桐島《きりしま》くんの言葉に、胡桃《くるみ》さんは首を横に振《ふ》る。

「そうじゃなくて、えっと……」

きっとこの二人なら用事の内容を教えても問題はない。

それは胡桃《くるみ》さんも分かっているだろう。

だけど、分かっていても伝えるのをためらう事柄《ことがら》というのは存在するのだ。

相手に関係のないことなどは、特に。

胡桃《くるみ》さんは何度か口をぱくぱくさせた後、伏《ふ》し目《め》がちに口を開く。

「その、ごめんなさい。今は……言えないんだけど……でも、その、大事な用事で……だ、だから、少しの間、抜《ぬ》けさせて貰《もら》えないかな……？」

胡桃《くるみ》さんの声は段々小さくなっていく。

修学旅行中、それも班行動中に自分の我儘《わがまま》で輪を乱すことに負い目を感じているのだろう。

小倉《おぐら》と桐島《きりしま》くんはその様子にお互《たが》いに顔を見合わせて、こちらに視線をよこしてきた。

それは『お前は把握《はあく》しているんだよな？』と確認《かくにん》するような視線。

目は口ほどになんとやらとはよく言ったものだ。

言葉になっていないはずなのに、二人が何を言いたいのかが分かる。

俺が首肯《しゅこう》を返すと、彼と彼女は僅《わず》かに苦笑《くしょう》を浮《う》かべてから、再度胡桃《くるみ》さんに向き直った。

「……正直なところ何があるのかは分からん。が、まぁ俺たちのことは気にするな。仮に何かあってもお前の彼氏《かれし》が何とかしてくれるさ」

「桐島《きりしま》くん……ありがとう」

桐島くんの言葉を受けて、胡桃《くるみ》さんが顔を上げる。

次いで、間髪《かんはつ》容れずに小倉《おぐら》も口を開いた。

「私も大丈夫《だいじょうぶ》だよ。それに言えないなら無理にも聞かない。……でも」

小倉《おぐら》は胡桃《くるみ》さんに優《やさ》しく笑いかけて、続けた。

「私は……私も胡桃《くるみ》ちゃんの味方だから。何かあったら頼《たよ》ってね」

「調《しらべ》ちゃんっ……」

二人の言葉に胡桃《くるみ》さんは下唇《したくちびる》をキュッと噛《か》みしめると、再度頭を下げた。

「ごめんなさい。それと……ありがとう」

顔を上げた時、そこに先ほどまでの不安の色は残っていなかった。

しかし胡桃《くるみ》さんはじっとこちらを見つめて、まっすぐ近付いてきて——え、どうしたの？

困惑《こんわく》していると——ぽすんと胸に顔をうずめてきた。

つむじが可愛《かわい》いな、ってそうじゃない。

いい匂《にお》いがする、ってそうでもない。

「……んー！」

あまりの可愛《かわい》さに脳がショートを起こしていると、胡桃《くるみ》さんは駄々《だだ》っ子《こ》のように体重をかけてきた。……ちょっと可愛《かわい》すぎないですか？

どうしてこう胡桃《くるみ》さんは一挙手一投足が可愛《かわい》いのだろう。

是非《ぜひ》とも一生隣《となり》でその謎《なぞ》を追い求めていきたい所存である。

「……もうっ、早くしてよ」

胸中で結婚《けっこん》の決意を新たにしていると、むくれた胡桃《くるみ》さんがジト目を向けてきた。

「ごめんごめん、胡桃《くるみ》さんが可愛《かわい》すぎて。誓《ちか》いのキスをすればいいんだっけ？」

「……」

鋭《するど》い視線が飛んできた。これは反省しないとね、と思っていると。

「そ、それはまた今度……いまは、……んっ」

両手を軽く広げる胡桃《くるみ》さん。

個人的には今の発言をもう少し掘《ほ》りたいところではあるが、一秒前に反省したばかり。

俺はたぎる思いをぐっと堪《こら》え、胡桃《くるみ》さんを真正面から抱《だ》きしめた。

すると応えるように胡桃《くるみ》さんも背中に手を回してくる。

「頑張《がんば》るから、私」

「うん。頑張《がんば》れ、胡桃《くるみ》さん」

耳元で囁《ささや》き合《あ》って、もう一度少し強めに抱《だ》きしめる。

「んっ、もう……」

「……」

「……ちょっ、ちょっと。もう大丈夫《だいじょうぶ》――ねぇ下心！　下心出てるわよっ⁉　ばかっ！」

「あぁ……」

ガバッと勢いよく引《ひ》き剝《は》がされてしまった。

名残惜《なごりお》しいけれど、そろそろ時間も差《さ》し迫《せま》っている。

胡桃《くるみ》さんは一度時計をちらりと見た後、もう一度だけ俺を見て告げた。

「行ってくるね」

「行ってらっしゃい」

これ新婚夫婦《しんこんふうふ》みたいで嬉《うれ》しいねと思ったけれど、さすがに口に出すのは自重した。

「で、なんでそんな顔してんだよ」

遠のいていく胡桃《くるみ》さんの背中を目で追っていると、ふと桐島《きりしま》くんが呆《あき》れた様子で声をかけてきた。

「そうそう。あんなにいちゃついて……はぁ、ほんといちゃつき過ぎ。私も抱《だ》きしめながら言えばよかった」

「この変態雌猫《めすねこ》が」

「あんたに言われたくはないんだけど」

不満げな視線を向けてくる小倉《おぐら》に軽口を返しつつ、しかしそれでも視線は胡桃《くるみ》さんを追っていた。すでに人混みに紛《まぎ》れており、一瞬《いっしゅん》でも視線を外せば見失ってしまうだろう。

（……大丈夫《だいじょうぶ》だろうか）

遠い背中を見つめて思う。

別に胡桃《くるみ》さんを信じていないというわけではないのだが、そんな不安が腹の底から顔を出す。

俺に出来る限りのことはした。小倉《おぐら》も桐島《きりしま》くんも胡桃《くるみ》さんの背中を押していた。

だから大丈夫《だいじょうぶ》。

そう思いたいのに脳裏《のうり》に過《よぎ》るのは昨夜――胡桃《くるみ》さんが電話している時の様子だった。

俺に相談している時とは異なる、父親と二人で話している時の胡桃《くるみ》さんの姿。

何も言えず、頷《うなず》き、返事をする。

そんな胡桃《くるみ》さんらしくない、胡桃《くるみ》さんの姿。

「……そんなに心配なら、付いていってやれよ」

「……っ」

桐島《きりしま》くんに言われて、無意識に表情に出ていたことに気付いた。

慌《あわ》てて取り繕《つくろ》うと、今度は小倉《おぐら》がぶっきらぼうに吐《は》き捨《す》てる。

「それに、ナンパされるといけないからね」

「……」

「なに？」

「いや……何でもない」

背中を押されているのはすぐにわかった。

ただ小倉《おぐら》からも提案されたのは意外だったが。

俺は二人の顔を一瞥《いちべつ》してから、胡桃《くるみ》さんの向かった方向を見やる。

すでに彼女の背中は見えなくなっていた。

しかし一度ぐっとこぶしを握《にぎ》り締《し》めると、俺はその見えない背中を追って歩き始める。

「じゃあ、ちょっと行ってくる」

「「行ってらっしゃい」」

二人に見送られて小走りに追いかける。

空を覆《おお》う雲は色をより濃《こ》くしていた。

2

私、古賀胡桃《こがくるみ》は震《ふる》える足を奮い立たせて待ち合わせ場所へと向かっていた。

一歩踏《ふ》み出《だ》すたびに先ほどのみんなの言葉を思い出す。

むしろ思い出さないと進めなかった。

（大丈夫《だいじょうぶ》。大丈夫《だいじょうぶ》の、はず）

気を抜けば戻《もど》りたくなるけれど、必死に前を向いて待ち合わせ場所へと歩いていく。

先ほどまで楽しんで眺《なが》めていた景色は、しかし今はそんな余裕《よゆう》はない。

渡月橋《とげつきょう》を渡《わた》り、交差点を曲がると、待ち合わせ場所が近づいてくる。

そこは渡月橋《とげつきょう》の掛《か》かる桂川沿《かつらがわぞ》い。普段《ふだん》は雄大《ゆうだい》な山をバックに渡月橋《とげつきょう》の写真が撮《と》れるという
ことで人が多い当所であるが、本日に限っては天気が悪くなってきたこともあってか人はまばらになっていた。しかし、そんな中に目的の人物が——居た。

久しぶりに会うというのに、遠目でも一瞬《いっしゅん》で気付いたのは親子だからだろう。

スーツに厚手のコートを羽織った父が、そこには居た。

あちらも気付いたようで、片手を挙げて私を呼ぶ。


「……」


いよいよだ。

生唾《なまつば》を飲み込みつつ私は近付いていって——そして、

「久しぶりだな、胡桃《くるみ》」

「……うん、久しぶり。お父さん」

私は約一年ぶりに、父と再会した。

☆

……寒い。

冷たい風が頬《ほお》を撫《な》でた。

乱れた髪《かみ》を摘《つ》まんで耳にかけると、私は緩《ゆる》んでいたマフラーを巻き直して、深く息を吸い込む。乾《かわ》いた空気が肺を冷やして、意識をはっきりさせる。

出来うることなら、最初の電話の時のように、気付かぬうちに話し合いが終わってくれればいいのにと思ったけれど、どうやらそれは無理なようだ。

冷たい指先に息を吐《は》きかけると、白い息が中空へと昇《のぼ》って消えた。

ぼんやりと見上げた空は分厚い雲が覆《おお》っていて、今にも一雨来そうな様子。

周りから人はどんどん減っていき、川を流れる水の音がいやに耳につく。

その静寂《せいじゃく》を打ち破ったのは父だった。

「わざわざ抜《ぬ》けさせてすまなかった。ただどうしても直接会いたくて……時間を作ってくれてありがとう」

「う、ううん、別に……」

言うと、父は優《やさ》しい——家を出ていく前と何ら変わらない優《やさ》しい笑《え》みを浮《う》かべた。

「そうか。……ところで、電話でも聞いたが学校の方は順調か？　生活の方も何も問題はないか？　何かあればいつでも相談していいんだぞ」

その言葉に私の頭は真っ白になった。

触《ふ》れられたくない傷をぐりっと無遠慮《ぶえんりよ》に抉《えぐ》られたような、嫌《いや》な気分。

「う、うん。……問題ないよ」

だから、本当は問題しかないのに私は首肯《しゆこう》を返した。

……いや、一概《いちがい》に嘘《うそ》とも言い切れないか。

確かに虐《いじ》められて、追《お》い詰《つ》められて、その果てに屋上から飛び降りようとしたけれど、でもすべては過去のこと。もちろん『全部元通り、学校生活も何もかもが順調！』とは言えないけれど、それでも今の生活が充実《じゆうじつ》していることには変わりない。

一人納得《なつとく》していると、不意に大きなため息が聞こえた。

「……あのな、確かに最近会っていなかったけど、これでもお前の父親なんだ。何かあったことぐらいはわかる。私生活か？」

「べ、別になにも――」

「学校か」

「……っ」

言葉に詰《つ》まった。

「相変わらず顔によく出るな。……大体、まだ仕事も休止したままだし、これで問題ないと言われて『はいそうですか』と引き下がるほど俺は愚《おろ》かじゃない。胡桃《くるみ》……大丈夫《だいじょうぶ》か？」

「……」

「心配なんだ」

「…………」

父の言葉に、私は堪《たま》らず俯《うつむ》いて下唇《したくちびる》を噛《か》み締《し》める。

（なら、ならどうして――心配してくれてたのなら、どうして一切連絡《いっさいれんらく》をくれなかったの？）

それはきっと、ずっと抱《いだ》いていた不満だった。

虐《いじ》めを受けていて、クラスにまだ誰《だれ》も味方が居なくて、仕事も休止して、何が楽しくて、何を楽しみに、どうやって生きていけばいいのかわからなくなった時、連絡《れんらく》を取り合っていたなら、もしかしたら相談できていたかもしれなかった。

けど、私のスマホは鳴らなかった。

インターホンも。家の電話も。何も。何も鳴らなかった。

私は、助けて欲しかったのに。

「……胡桃《くるみ》」

名前を呼ばれて顔を上げる。

視線が合うと、父は穏《おだ》やかな、落ち着きのある優《やさ》しい声で告げた。

「こっちで、一緒《いっしょ》に暮らさないか？」

「……え？」

その提案に、私の喉《のど》は乾《かわ》いた声を出すのが精いっぱいだった。

父は気付いた様子なく続ける。

「その、学校は転校になるが、そっちで問題があるなら構わないだろう？　それにお前は頭も悪くないし、編入も問題ないだろう。仕事も今のまま復帰しないんだったら……どうだ？　一《いっ》緒《しょ》に暮らさないか？　一緒《いっしょ》に住めば私生活の面でも支えられる。それにもうじき冬休みだろう？　そこを狙《ねら》えば引《ひ》っ越《こ》しもやりやすいはずだ」

矢継《やつ》ぎ早《ばや》に告げる父に、言葉を挟《はさ》む隙《すき》はない。

まだ提案を受けているだけのはずなのに、すでに決まっているかのように話を続ける父。

——別に、忘れてなんていなかった。この人はこういう人間だ。

何しろ、一家離散《りさん》の引き金を引いたのが目の前の男なのだから。

じくじくと、傷口をえぐられているような嫌《いや》な気分が続く。

そろそろ我慢《がまん》の限界だと、口を開こうとして——さらに続く父の言葉に、いよいよもって私の思考は停止した。

「そう言えば、母さんの方も最近は落ち着いているみたいなんだ」

……え？

──雨が降り始めた。

☆

「何度か会ったんだが、あいつもあの時のことは後悔《こうかい》しているみたいでな。今度三人で集まってもう一度話し合えないだろうか？　それから一緒《いっしょ》に──」

「……」

すでに父の言葉は右から左へ、認識《にんしき》することを──理解することを脳が拒《こば》み、流れていく。

私は動悸《どうき》が激しくなるのを感じた。イヤな予感が脳を締《し》め付《つ》け、喉《のど》が渇《かわ》いて仕方がない。胸焼けより気持ち悪い感覚が胸中を襲《おそ》い、吐《は》き気《け》すら感じる。

理由は一つ。

（……どういう、こと？）

いや、違《ちが》う。疑問じゃない。これは疑問じゃなくて、理解が出来ないだけ。

目の前で笑《え》みすら浮《う》かべて話す父が、私には理解できなかった。

だって、そうでしょ？

父の言うことが正しいのならそれは、それはつまり、

——お母さんとは連絡《れんらく》を取り続けていたってことじゃないの？

言葉の意味を咀嚼《そしゃく》し、飲み込んだ瞬間《しゅんかん》、息が詰《つ》まった。

「っと、本格的に降り出したか。……胡桃《くるみ》？」

降り出した雨が髪《かみ》を濡《ぬ》らす。冷たい。

けど、私の胸中はそれどころじゃない。

私には何の連絡《れんらく》もなくて、二日前の電話が離《はな》れ離《ばな》れになってから初めての連絡《れんらく》で、色々問題もあったけど、でも何とか乗《の》り越《こ》えたし、何の連絡《れんらく》もくれなかったことは正直ショックだったけど、でもそういう人なんだって、そう……そう、決めつけて、軽蔑《けいべつ》して終わりだと思ったのに。

「……なに、それ」

「胡桃《くるみ》？」

「心配って……」

先ほど父が宣《のたま》った言葉に不快感すら覚える。

確かに家族が離《はな》れる前、母は精神的に少し参っている様子だった。

でも、心配して連絡《れんらく》して何度か会って、さらに最近落ち着いている、なんて会話までして。

それで、私には？

「もう……いや」

結局それって、私は心配されていなかったってことじゃないの?

「胡桃《くるみ》? どうかしたのか? とりあえず、どこか雨をしのげるところに移動を――」

心配げに見つめてくる父に、歯を噛《か》みしめ、思う。

私が苦しんでる時、この人は何をしていたのだろう、と。

私が家で一人ご飯を食べている時、この人は母とご飯を食べていたのだろうか。

私が誰《だれ》も居ない部屋にただいまって言っている時、この人は母と会っていたのだろうか。

私が死ぬ前に飲もうってお酒を買っている時、この人は母と酒を飲んでいたのだろうか。

それで、その果てで、私が助けて欲しい時に何もしてくれなかったこの人は、母と仲直りして、家族の間の問題を自分たちだけですべて解決した気になっていたのだろうか。

(……もう、ダメだ)

もう私は、この人を父親として見られない。

この父親に、なにも期待ができない。

「……いろいろ、あったよ」

「え?」

「問題なんかいろいろ、あった。たくさんあった。仕事はやめて、高校に行くようになって、でも教室には居場所がなくて」

「く、胡桃《くるみ》？」

心配げな声をかけてくるが、無視して続ける。

「何回も何回も死にたいって思って、何回も何回も助けて欲しいって泣きながら布団《ふとん》の中で丸まって、でも連絡《れんらく》なんかない。連絡《れんらく》を貰《もら》ったと思ったら、お母さんと仲直りしたから一緒《いっしょ》に暮らさないかって、意味がわからない」

「死にたいってお前……なんで連絡《れんらく》しなかったんだ！」

「……できるわけないでしょ」

連絡《れんらく》なんて、できない。できるわけがない。

死にたいぐらい辛《つら》いのに、そんな勇気、出るわけない。


――自分を置いて出て行った人に、そんな相談ができるわけない。


ぎりっ、と奥歯《おくば》を嚙《か》みしめる。

「胡桃《くるみ》」

「……ほんと、なにこれ。なに？　……なんなの？　なんで私ばっかりこんな……なんで全部解決したみたいな顔してるの？　なんで私にはなにもないって思ってるの？　なんでお母さんと仲良くしてるの？　なんで、なんで――なんで、あの日出て行ったの？」

尋《たず》ねると、父は一瞬《いっしゅん》言葉に詰《つ》まった後、まっすぐ見つめて——答えた。

「あれが、最善だったからだ」

「……ぁ」

その瞬間《しゅんかん》、最後の支えがぽきりと折れた音が聞こえた。

「……ふざけないでよ」

「ふざけていない」

「もう……もういいっ！　もう何も聞きたくないっ！」

「胡桃《くるみ》！　話を聞け！　一体なにが——」

「うるさいっ！　もうお父さんなんかっ——」

カッ——と頭に血が上り、私は感情のままに吐《は》き捨《す》てようとして、

「胡桃《くるみ》さん！」

聞きなれた、私が世界で一番大好きな人の声が聞こえた。

瞬間《しゅんかん》、吐《は》きかけていた言葉を飲み込む。

驚《おどろ》いて目を見開き、その声の方に視線を向けると、そこには予想通りの人物の姿。

どこまでもまっすぐな瞳《ひとみ》は私に向けられていて、彼は真剣《しんけん》な表情のまま告げた。

「それ以上は、言っちゃだめだよ」

その言葉に、私の荒《あら》ぶっていた感情は冷や水を浴びせられたように落ち着いていく。

そうだ。
私はここに喧嘩《けんか》をしに来たわけじゃない。
問題を解決しに来たのだ。
「……貴一《きいち》」
気付けば、彼の名前を呼んでいた。
彼は応えるように、先ほどとは打って変わって優《やさ》しい笑《え》みを浮《う》かべた。
それだけで何を言いたいかが分かった。
バカップルだから、なのかもしれない。
見つめ返すと、小さく首肯《しゅこう》する貴一《きいち》。
視線だけで通じ合う。そんな関係性に、とくんと心臓が跳《は》ねた。
私はキュッと口を結んで気合を入れ直し、真正面から父を見据《みす》える。
いま私がやることは、溜《た》め込《こ》んでいた鬱憤《うっぷん》を吐《は》き出《だ》すことじゃない。
ちゃんと、話し合うこと。
情けないけど、そのために彼の力を借りさせてもらう。
降り続いていた雨が、やんだ。

☆

胡桃《くるみ》さんのあとを追うのは簡単だった。

何しろ俺にはラブラブセンサーがあるからな。

見つけてからしばらく、盗《ぬす》み聞《ぎ》きということに罪悪感を覚えつつも胡桃《くるみ》さんたちの会話を耳にしていたところ、話し合いは難航しているようだった。

そしてさすがにこれ以上はダメだと判断し、こうして割り込ませていただいた次第《しだい》である。

「胡桃《くるみ》さん、落ち着いた？」

「……ん、落ち着いた」

「それは良かった」

「……うん」

返事をする胡桃《くるみ》さんは確かに落ち着いているし、もう一度父親と向き合おうと決意を露《あら》わにしていたが、それとは別にポーっと熱い視線をこちらに向けていた。

「いやん、照れちゃうねぇ」

「ば、ばかっ、なに言ってるのよっ」

見つめていたことに今更《いまさら》ながら気付いたのか頬《ほお》を染めて顔を逸《そ》らす胡桃《くるみ》さん。

是非《ぜひ》ともこのままお持ち帰りしたいところなのだが、その前に射殺《いころ》さんばかりの殺意の籠《こも》った視線をどうにかしなければならない。その主は言わずもがな、胡桃《くるみ》さんの父親。

彼は不快そうに眉間《みけん》にしわを寄せると、低い声で尋《たず》ねてきた。

「お前は胡桃《くるみ》のクラスメイトか何かか？」

「はい、一応」

将来の約束をしている恋人《こいびと》同士ではあるが、クラスメイトであることにも変わりない。

俺の返答を受けて彼は大きくため息をつくと、頭を抱《かか》えて告げた。

「これは家族の問題だ。部外者は口を挟《はさ》まないでくれ」

「なら将来的に家族になるのでなんの問題もありませんね！　全力で挟《はさ》ませていただきます！お義父《とう》さん！」

「お、お義父《とう》さんっ⁉」

素《す》っ頓狂《とんきょう》な声を上げるお義父《とう》さんは、俺と胡桃《くるみ》さんを交互《こうご》に見つめて口をポカンと開けた。

どうやら状況《じょうきょう》が理解できずにショートしている模様。

すると、すぐ隣《となり》からため息が聞こえた。

「……もう、なに言ってるのよ」

「本当のことでしょ？」

「……そ、そうだけど」

もごもごと口ごもった胡桃《くるみ》さんは誤魔化《ごまか》すように話題を変えた。

「そ、それよりっ、どうしてここに居るの？」

「胡桃《くるみ》さんの居るとこならどこへでも」

「……相変わらずバカなんだから」

そうして言葉を交《か》わす胡桃《くるみ》さんはすっかりいつも通りに戻《もど》っていた。

しばらくイチャイチャしていると、ようやく状況《じょうきょう》を理解したお義父《とう》さんが慌《あわ》てたように声を荒《あら》げる。

「ふ、ふざけるな！　胡桃《くるみ》はうちの大事な娘《むすめ》だ！　もし何かしたのなら絶対に許さんっ！」

それは、俺が思わず一歩下がってしまいそうなほどの剣幕《けんまく》だった。

胡桃《くるみ》さんも初めて見たのか、目を丸くしている。

しかし数回瞬《まばた》きすると、唇《くちびる》を尖《とが》らせながら呟《つぶや》いた。

「別に、そ、そこまで心配しなくても何もないわよ」

「胡桃《くるみ》……」

「何を言っているんだ胡桃《くるみ》さん！　俺たちの間には愛という名の赤い糸があるじゃないか！

いい機会だし是非《ぜひ》ともお義父《とう》さんにも認めてもらおう！」

「お前は何を言っているんだ!?　胡桃《くるみ》！　こんなのがクラスメイトなど大変だったろうに！

お前が原因かこのストーカーめ！　胡桃《くるみ》、やっぱりこっちで一緒《いっしょ》に暮らそう！」

「こ、こんなの⁉　ストーカー⁉」

さすがに酷《ひど》くない？　一応初対面なのだけど。

助けて胡桃《くるみ》さん、と視線を向ける。

「ヤバ宮《みや》くんはちょっと黙《だま》ってて。はぁ……」

「ため息⁉」

扱《あつか》いちょっと雑くない？　とか思わないでもないが、胡桃《くるみ》さん相手なら雑に扱《あつか》われようがご褒美《ほうび》である。変態じゃないよ、愛の力だよ。

仕方がないので大人しくしていると、胡桃《くるみ》さんは顎《あご》に手を当てて逡巡《しゅんじゅん》。

お義父《とう》さんを真正面から見据《みす》えると言葉を選ぶようにゆっくり口を開いた。

「お父さん、私が思ってること正直に言うから聞いて」

「あ、あぁ」

お義父《とう》さんが頷《うなず》くのを待ってから、胡桃《くるみ》さんは続けた。

「まず、私は一緒《いっしょ》に暮らせない。その、まだ心の整理がついてなくて二人とは暮らしたくないっていうのもあるけど、それより今は絶対に転校したくないから」

「……こいつか？」

だからこいつて。

お義父《とう》さんの指摘《してき》に、胡桃《くるみ》さんの頬《ほお》が徐々《じょじょ》に赤くなる。

耳まで真っ赤になると、熱で壊《こわ》れたロボットのように首を縦に振《ふ》った。

「……ま、まぁ、うん。その……あ、改めて紹介《しょうかい》すると、彼は笠宮貴一《かさみやきいち》くん。一応、私の彼《かれ》氏《し》というか、恋人《こいびと》というか……大切な人」

「この頭のおかしい奴《やつ》が？」

さっきから失礼じゃない？

胡桃《くるみ》さんも何とか言ってよ！

「うん、頭おかしいし、変態だし、基本的にばかだよ」

「胡桃《くるみ》さん⁉」

散々な言われようなんだが？

内心でショックを受けていると胡桃《くるみ》さんは「だけど」と繋《つな》ぐ。

「それでも私が世界で一番大好きな人で……私のために一生懸命《いっしょうけんめい》になってくれて、私も、その……この人のために一生懸命《いっしょうけんめい》になりたいって思える人。……だから、お父さんと一緒《いっしょ》に暮らすとか、転校とか、彼と離《はな》れるのはいや。それに、最近は学校にも友達が出来て……すごく楽しいから」

「胡桃《くるみ》……」

お義父《とう》さんはじっと胡桃《くるみ》さんを見つめると、先ほどの胡桃《くるみ》さんのように顎《あご》に手を当てて熟考を始める。そして数秒の後、再度口を開いた。

「一応聞くが、そいつがお前を助け——いや、これは野暮《やぼ》か」

言いかけるも、最終的には目を閉じて首を振《ふ》るお義父《とう》さん。

どうしたのかと思っていると、胡桃《くるみ》さんは俺の腕《うで》を取って抱《だ》きしめ、お義父《とう》さんに向かって明るい笑《え》みを向けた。

「そ、この人が助けてくれたの！」

「……そうか」

胡桃《くるみ》さんの言葉を聞いてお義父《とう》さんは小さく頷《うなず》くと、それまで見せたことのない優《やさ》しい笑《え》みを浮《う》かべた。

その瞬間《しゅんかん》、二人の間にあったわだかまりが、確かになくなったのを感じた。

安堵《あんど》の息をつくと、白くなって空へと昇《のぼ》っていく。

雲の切れ間から青空が見え始めていた。

☆

「胡桃《くるみ》さん、これどうぞ。お義父《とう》さんも」

「ありがと」

「悪いな。……が、お前にお義父《とう》さんと呼ばれる筋合いはない」

場所を移して濡《ぬ》れてないベンチに腰掛《こしか》ける二人に、俺は近くの自販機《じはんき》でココアとコーヒーを購入《こうにゅう》して手渡《てわた》した。

「じゃあ俺は少し外すから」

「えっ」

「え？」

わだかまりもなくなっただろうし、親子の会話の邪魔《じゃま》になるだろうと席を外そうとしたのだが、胡桃《くるみ》さんがキュッと服の裾《すそ》を掴《つか》んできた。

お義父《とう》さんを見ると、ため息をついて頭を掻《か》いた。

「ま、聞いてどうなる話でもないしな」

そう前置きし、お義父《とう》さんは語り始めた。

「正直、言われるまでお前がどれだけ苦しんでいたかなど分かっていなかった。……俺は本当に、お前なら大丈夫《だいじょうぶ》だとそう思っていたんだ。何しろ中学生で立派に仕事をこなしてお金をもらっているんだからな。きっと俺は、お前のことを成人した大人として見ていたんだと思う」

その話を胡桃《くるみ》さんはココアの缶《かん》で手を温めながら聞き届ける。

次にプルタブを開けて喉《のど》を潤《うるお》すと、質問を投げかけた。

「出て行ったのは、正解だったと思う？」

「あの時は、そう思ったよ。いや、ずっと正解だと思っていた。……あまり娘《むすめ》やその彼氏《かれし》に聞かせるのもあれなんだが、あの時は夫婦仲《ふうふなか》が良くなかったんだ。だから、『俺が』出て行きたかったというのも大きい」

苦々しげに告げるお義父《とう》さんは決して詳細《しようさい》を語りはしなかったが、よほど辛《つら》かったのだろうことは容易に想像できた。邪推《じやすい》かもしれないが、もしかするとDVに近いものを経験していたのかもしれない。

胡桃《くるみ》さんも似たことを考えたのか、苦々しげに表情を歪《ゆが》める。

「そう……だったんだ。知らなかった」

「知らせなかったからな。お前が気にすることじゃない。……とにかく、そんなわけで別居をはじめてからは、何よりも不安定だった母さんのケアを優先した。胡桃《くるみ》は大丈夫《だいじようぶ》だから、こいつを先に落ち着かせないと、と。離婚《りこん》するつもりはなかったし、早くもう一度一緒《いつしよ》に暮らしたいとも考えていたからな。……それで胡桃《くるみ》に連絡《れんらく》を入れるのが後回し後回しになって……そりゃあ、ダメだよな、俺」

うなだれて頭を抱《かか》えるお義父《とう》さん。

「胡桃《くるみ》を傷つけないために上手《うま》くやろう上手《うま》くやろうってしてきたつもりだったのに、俺が一番傷つけてた。最初から、空回りしてたんだ。俺は」

ぼやくと、お義父《とう》さんはぐいっとコーヒーを飲み干して立ち上がる。

「昼、まだだよな。これ」

そう言って彼は財布《さいふ》から三万ほど取り出して胡桃《くるみ》さんに手渡《てわた》す。

「えっと……」

困惑《こんわく》する胡桃《くるみ》さんにお義父《とう》さんは財布《さいふ》をポケットにしまう。

「お前の修学旅行を邪魔《じゃま》してしまったお詫《わ》びだ。他にも友達いるんだろ？　これで美味《おい》しいものでも食べて、気を付けて帰りなさい」

「……ありがと」

胡桃《くるみ》さんの返事に笑《え》みを浮《う》かべると、お義父《とう》さんは背を向けて去っていった。

「いいお義父《とう》さんじゃん」

「余所《よそ》行《い》きの顔よ」

そう言いつつも胡桃《くるみ》さんは遠ざかるお義父《とう》さんの背を見つめ――

「お父さんっ！」

呼び止めた。

半身だけで振《ふ》り返《かえ》る彼に、胡桃《くるみ》さんは迷うことなく告げる。

「毎週土曜、電話するからっ」

刹那《せつな》、彼の顔が初めてくしゃっと歪《ゆが》んだ気がした。

遠目でよくわからなかったが、お義父《とう》さんは胡桃《くるみ》さんに右手を挙げて、もう一度背を向けようとして――踵《きびす》を返して戻《もど》ってきた。その視線は俺を捉《とら》えており……え、えっ、なにっ⁉

「おい、笠宮《かさみや》とか言ったな」

「言い忘れていたが、娘《むすめ》を泣かせるようなことをしたら容赦《ようしゃ》しないからな」

「は、はいっ」

そんな脅《おど》しのような言葉に、俺は笑顔《えがお》でもって答える。

「もちろんです。胡桃《くるみ》さんには一生涯《いっしょうがい》笑顔《えがお》で過ごしてもらうつもりですので」

聞き届けると、彼は不満げに鼻を鳴らして今度こそ去っていった。

残されたのは俺と胡桃《くるみ》さんだけ。

自然とお互《たが》いに顔を見合わせて、笑った。

「じゃあそろそろ二人のところに戻《もど》ろうか」

「そうね。お金も貰《もら》ったし、いいもの奢《おご》ってあげないとね」

ちらりと時計を見ると、時刻は十一時三十六分。

長く感じたけれど、たった三十分しか経《た》っていなかった。

3

用事が終わった旨《むね》を桐島《きりしま》くんに連絡《れんらく》を入れると、どうやら別れた場所の近くで待っていてくれているらしかった。

これ以上待たせるのも悪いので急いで戻《もど》ろうと歩き出そうとして——。

「……っと」

ふらっ、と胡桃《くるみ》さんが体勢を崩《くず》した。

手で支えつつ彼女の様子を見ると、足が震《ふる》えている。

「ご、ごめん。ちょっと、緊張《きんちょう》が解けたみたいで……」

「大丈夫《だいじょうぶ》、支えるから」

「ありがと」

そう言って手を繋《つな》いで再度歩き出そうとすると、胡桃《くるみ》さんは繋《つな》いでいた手をもぞもぞと動かし、指と指を絡《から》めるように握《にぎ》り直《なお》した。恋人繋《こいびとつな》ぎだ。

ちらりと表情を見やると、満足気に口端《こうたん》を持ち上げていた。

あまりの可愛《かわい》さに内心悶絶《もんぜつ》していると、胡桃《くるみ》さんは思い出したかのように突然《とつぜん》スマホを取り出して、インカメを表示させる。

どうしたのだろうか？　と疑問に思っていると、胡桃《くるみ》さんは上目遣《うわめづか》いに提案してきた。

「ね、ねぇ、その……せっかくだし二人で、撮《と》らない？」

「……っ、もちろん喜んで！」

そうして渡月橋《とげつきょう》をバックに二人で並ぶ。

手を繋《つな》いでいるためかなり近くてそれはもう興奮必至の距離《きょり》であるが、シャッターを押す寸前、胡桃《くるみ》さんはさらに一歩近付いて俺の腕《うで》を抱《だ》きしめた。

「ひょっ⁉」

――瞬間《しゅんかん》、シャッターが切られる。

突然《とつぜん》のことに驚《おどろ》いていると胡桃《くるみ》さんはしたり顔でニヤリと笑い、俺の耳元で囁《ささや》いた。

「大好きだよ」

こしょこしょと告げて、サッと身を引く胡桃《くるみ》さん。

いたずらが成功した子どものような笑《え》みを浮《う》かべる彼女に俺は……、

「俺も大好きだぁぁあああぁぁあああっ‼」

抑《おさ》えきれなくなった愛を叫《さけ》び、抱《だ》きしめるのだった。

「ちょっ、声が……ひゃっ、あ、あわわっ」

☆

二人の元《もと》に戻ると、向こうもすぐに気付いたようで片手をあげて駆《か》け寄《よ》ってきた。

「胡桃《くるみ》ちゃん、だ、大丈夫《だいじょうぶ》だった⁉」

まっすぐ胡桃《くるみ》さんに近付いて心配の声を上げる小倉《おぐら》に、胡桃《くるみ》さんは笑《え》みを返す。

「うん、何とか無事解決した、かな。心配かけてごめんね」

「ううん、大丈夫《だいじょうぶ》だよ」

手を繋《つな》いで話に耽《ふけ》る二人を横目に、桐島《きりしま》くんが声をかけてくる。

「おかえり。……にしても、また助けたのか」

「別に、俺は特に何もしてないよ。ただ少し話しやすくしただけ」

「そうか……凄《すご》いよ、お前は」

「そんなことないよ」

軽く言葉を交《か》わして、これからどうしようかと話していると、混むだろうからと早めの昼食をとることになった。

どこにするか話し合おうとして、待ったがかかる。どうやら小倉《おぐら》が待っている間に嵐山《あらしやま》近辺の飲食店を調べてくれていたらしく、「この辺りは少しお値段がねー」と苦笑《くしょう》を浮《う》かべていた。

すると胡桃《くるみ》さんが懐《ふところ》から財布《さいふ》を取り出した。

「そういうことなら任せて。実は──」

今回抜《ぬ》け出《だ》した事情を軽く説明し、お義父《とう》さんからお金を貰《もら》った旨《むね》を説明する胡桃《くるみ》さん。

小倉《おぐら》も桐島《きりしま》くんも最初は「申し訳ないからいいよ」と遠慮《えんりょ》していたが、結局は胡桃《くるみ》さんの説得の末、首を縦に振《ふ》っていた。

そうして俺たちが選んだ昼食は──

「これが湯豆腐《ゆどうふ》」

「本当に豆腐《とうふ》だな」

俺の言葉に桐島《きりしま》くんが同意した。

もっと他にないのかと思わないでもないが、語彙力《ごいりょく》がなくなるのも無理はない。

何しろ目の前にあるのは昆布《こんぶ》だしと豆腐《とうふ》、薬味にお吸い物と天ぷらという、とても高校生の修学旅行とは思えないほどの豪勢《ごうせい》な食事だったのだから。

「お、お豆腐《とうふ》、入れていいんだよね？」

胡桃《くるみ》さんがおずおずと豆腐《とうふ》を投入《豆乳》……なんちゃって。

「豆腐《とうふ》を投入《豆乳》……ふへ」

小倉《おぐら》がぼそりと呟《つぶや》いた言葉に、内心で同じレベルなのかと戦慄《せんりつ》した。

「で、これどれくらい茹《ゆ》でるんだろ。そろそろいいかな？」

しばらくして取り出そうとすると、ぺしっ、と小倉《おぐら》に手を叩《たた》かれた。

「まだダメ。豆腐《とうふ》が躍《おど》り出《だ》してからって書いてある」

そう言って食べ方の載《の》ったネットの記事を片手に鍋奉行《なべぶぎょう》小倉《おぐら》が再来した。

「踊《おど》り出《だ》すの？」

「そうみたい」

胡桃《くるみ》さんの問いに小倉《おぐら》は首肯《しゅこう》。

「踊《おど》り出《だ》すのか」

「うん」

次いで桐島《きりしま》くんの言葉にも頷《うなず》く。

「豆腐《とうふ》が躍《おど》るわけ――」

「そう書いてあるから黙《だま》って見てなさいよ！」

「……なんで俺だけ怒鳴《どな》るんだよ」

愚痴《ぐち》りつつも鍋《なべ》を見ていると……、

「「「おぉ……」」」

踊《おど》り出《だ》したよ。ふわふわと。

小倉《おぐら》がそれぞれさらに取り分けてくれたので、感謝を述べつつ手を合わせる。

「「「いただきます」」」

まずは醤油《しょうゆ》を垂らしてパクリ。……美味《うま》いな。

正直豆腐《とうふ》なんて味は変わらないだろうと高《たか》をくっていたけれど、全然違《ちが》う。

続く二口目、三口目と口に入れ、時には薬味を変えながら、俺たちは湯豆腐《ゆどうふ》を堪能《たんのう》した。

☆

湯豆腐《ゆどうふ》を食べ終え、嵐山《あらしやま》観光に戻《もど》る。

と言っても、すでに名所は大方回っているため土産物店《みやげものてん》を覗《のぞ》く程度なのだが。

「まだ決まらないの？　霞《かすみ》ちゃんへのお土産《みやげ》」

「面目《めんぼく》ない」

色々とアドバイスを貰《もら》って美容系やら和風っぽい簪《かんざし》やら、扇子《せんす》やらと見て回っているのだが、果たして喜んでもらえるのかと言われれば……うーん。

「これなんかどうだ？」

「どれ？」

桐島《きりしま》くんが店先の木刀片手にどや顔していた。

胡桃《くるみ》さんもこれには苦笑《くしょう》を浮かべている。

「さすがにそれは……」

「……でも、霞《かすみ》のやつたまに俺の見てるアニメ横から覗《のぞ》いてくるしな。……意外と好きだったりするのか？」

「迷走《めいそう》し過ぎじゃない⁉」

もしかするとどこの土産物屋《みやげものや》にもある、龍《りゅう》の剣《けん》のキーホルダーが正解の可能性も……。

考え込んでいると、軽いチョップが飛んできた。

「ど、どうしたの？　胡桃《くるみ》さん」

痛くも痒《かゆ》くもないし、むしろイチャイチャの波動を感じてむず痒《がゆ》いぐらいだが、ステレオタイプに攻撃《こうげき》を受けた箇所《かしょ》をさすりつつお尋《たず》ねすると、胡桃《くるみ》さんはぴっと人差し指を立てた。

「私はあんまり難しく考えなくていいと思うわよ」

「そう……なのかな」

「そう。きっとあんたが貰《もら》って嬉《うれ》しいものは、霞《かすみ》ちゃんも嬉《うれ》しいはずよ」

胡桃《くるみ》さんは「だって」と続けて、微笑《ほほえ》んだ。

「あんたと霞《かすみ》ちゃんって、ほんとよく似た兄妹《きょうだい》だと思うから」

「……そっか」

「そうよ、もう……」

呆《あき》れたように息を吐《は》く胡桃《くるみ》さん。

「よく見てくれているんだね。さすがは未来の姉妹《しまい》！」

「ち、ちがっ、そういうつもりで見てたわけじゃ……っ」

「違《ちが》うの？」

「ぐっ、そ、それは……まぁ、ちが、わない、かもしれないけど……」

顔を真っ赤にして俯《うつむ》いた胡桃《くるみ》さんは、しかしすぐに顔を上げると一言。

「し、調《しらべ》ちゃんはなに買うか決まったっ⁉」

そう告げて、ててってっと逃《に》げ出《だ》してしまった。残念である。

それにしても『俺が嬉《うれ》しいものは、霞《かすみ》も嬉《うれ》しい』か……。

兄妹《きょうだい》である前に異性であると判断して胡桃《くるみ》さんや小倉《おぐら》に相談したが、そうか。

異性である前に、兄妹《きょうだい》であることが正解なのかもしれない。

俺は土産物屋《みやげものや》の中を物色し、いくつか購入《こうにゅう》してから三人の元に合流。

電車に乗り込んで、集合場所である京都駅へ。

そうして新幹線に揺られ、俺たちは三日間お世話になった京都の街を後にした。

☆

学校に到着《とうちゃく》するとその場で解散となる。

桐島《きりしま》くんや小倉《おぐら》は電車の方向が違《ちが》うため駅でお別れ。

胡桃《くるみ》さんと並んで電車に乗り込む。時刻は六時前。窓の外はもう暗い。

帰宅ラッシュには少し早いのか、車内はそれほど込み合っていなかった。

「……終わっちゃったね」

「そうね……疲《つか》れた」

「確かに」

「でも、楽しかったわね」

「それも確かに」

首肯《しゅこう》すると、胡桃《くるみ》さんは寂《さび》しそうな顔を見せる。

そして指をもじもじと合わせながら、胡桃《くるみ》さんは提案する。

「今度はその……個人的に二人で、ね？」

「新婚《しんこん》旅行？」

「……新婚《しんこん》になるまで我慢《がまん》できるの？」

正直、その返しは予想できなかった。

「じゃあ、婚前《こんぜん》旅行？」

「そうかもしれないわね」

ちらちらこちらの様子を伺《うかが》いながら告げる胡桃《くるみ》さん。

それにしても、二人で旅行か。

「二人で旅行ってなったら、その……さすがに我慢《がまん》できないと思うんだけど」

「もう、すぐ下世話な話になる」

「だって実際そうでしょ？　年頃《としごろ》の男女が旅行で一つ屋根の下、まさかトランプをするわけじやないよね？」

「それは……そうかもしれないけど……」

想像したのか僅《わず》かに頬《ほお》を朱《しゅ》に染めて視線を逸《そ》らす胡桃《くるみ》さん。

やがて彼女は逡巡《しゅんじゅん》したのち、俺の指先を軽く摘《つ》まみながら、小さな――すぐ隣《となり》の俺にも聞こえるか聞こえないかぐらいの小さな声で、ぼそりと囁《ささや》いた。

「……そろそろ、いいかもね」

「……っ！　それって――」

「あ、あーっ！　わ、私ここだからっ！　そ、それじゃ！」

「え、ちょっと！」

言葉の意味を聞き終える前に、胡桃《くるみ》さんはカバンを抱《かか》えて電車を降りる。

そしてゆっくり振《ふ》り返《かえ》ると、小さく笑《え》みを浮《う》かべて、

「それじゃあ、また明日」

と軽く手を振《ふ》った。

先ほどの発言は非常に気になるけれど、これでも修学旅行帰り。

無理やり聞き出して、体調を崩《くず》す結果となっては申し訳ない。

特に胡桃《くるみ》さんはお義父《とう》さんのこともあって疲《つか》れているだろうし。

「わかった、じゃあまた明日学校で詳《くわ》しく聞くよ」

学校で聞くのは冗談《じょうだん》だけど、はぐらかされるつもりがないのは確かである。

胡桃《くるみ》さんが慌《あわ》てたように手を伸《の》ばしたが無情にも扉《とびら》は閉まり、電車が発車した。

「えっ⁉　まっ――」

☆

最寄《もよ》り駅《えき》に到着《とうちゃく》して、歩きなれた道を見慣れた街を眺《なが》めながら歩く。

旅行帰りの地元の景色はどうしてこう懐《なつ》かしく感じるのだろう。

安堵《あんど》にも似た不思議な感覚である。

しばらく歩いて、家に到着《とうちゃく》。

鍵《かぎ》を開けて靴《くつ》を脱《ぬ》ぐとリビングに顔を出した。

「ただいまー、あったけぇ」

リビングは暖房《だんぼう》がガンガンに効いていて思わず感嘆《かんたん》の声が漏《も》れる。

「おかえり、兄貴」

その快適な空間の中、霞《かすみ》はソファーに寝転《ねころ》びながらスマホを弄《いじ》っていた。

両親は仕事なのでまだ帰ってきていない。

「場所を空けーい」

「えー」

ソファーに近付くと霞《かすみ》は不満を露《あら》わにしつつも身体《からだ》を起こし、俺が座れるスペースを作ってくれた。

そんなリトルシスターの視線はすでにスマホからは外され俺が持ち帰ってきた荷物の方へ
――より具体的には土産物屋《みやげものや》の紙袋《かみぶくろ》に注がれていた。

「お、お土産《みやげ》は？」

「もちろん、買ってきたぞ」

俺は紙袋《かみぶくろ》を手に取ると、中からいくつもの箱を取り出した。

それは、別になんてことはないお菓子《かし》の箱。

生八ツ橋《なまやはし》や、宇治抹茶《うじまつちゃ》をつかったチョコレートやクッキーのお菓子《かし》である。

「おおー、ふつー」

「まぁ、奇《き》をてらうよりましだろ。それに――」

言葉を区切って広げたお菓子《かし》のひとつを手に取り、続ける。

「試食して気に入ったものを買った。……不満か？」

「別に、もともと不満なんてないし。だけどまぁ……それなら安心かな」

霞《かすみ》は小袋を開けて中のお菓子《かし》を取り出すと、ニッと笑《え》みを浮《う》かべて、

「ありがと、兄貴。よくやった」

「おう。どういたしまして妹」

彼女は満足げに頷《うなず》くと、お菓子《かし》をパクっと口に放り込んだ。

その様子に、俺はほっと胸をなでおろす。

さんざん悩《なや》んだし、もしかすればもっといいものもあったのかもしれない。

だけど、こうして笑顔《えがお》でお礼を言われたのならミッションコンプリートだろう。

「因《ちな》みに父さんと母さんの分も一緒《いっしょ》だから一人で全部食べるなよ」

「えぇ!?　それは不満！　もっと買ってきてよバカ兄貴！」

うがーっ、と怒《おこ》った霞《かすみ》を宥《なだ》めつつ、俺も一つ食べる。

うん、やっぱりうまい。

「コーヒー淹《い》れるけど飲むか？」

「飲む！」

――家に帰るまでが修学旅行。

そんな修学旅行の終わりに、俺は妹とコーヒー片手に休憩《きゅうけい》することにした。

< [送信名]小倉調
【108枚の写真】
感謝しろよ。
ありがと
今全部確認したけどマジでありがとう!
テンション上がり過ぎでキモい。
うるさ
てか胡桃ちゃんほんとに可愛い!
こんなのもう天使じゃん!
俺の彼女を変な目で見るな!
見てない!
…ちなみに卓球の時の写真はないの
小倉ァ!!

エピローグ

飛び降りる直前の同級生に『×××しよう！』と提案してみた。2

1

暦《こよみ》の数字が十二月になった。

寒さはよりいっそう強さを増していて、今日も今日とて寒風が頬《ほお》を撫《な》でていく。

色々とあった修学旅行から数日が経過した本日、いつも以上に低い気温の中で、しかし俺の気分はいつも以上に高揚《こうよう》していた。

理由は単純。本日が二学期最後の登校日——つまり終業式だからである。

必然、明日から始まるのは全国の学生諸君が待ち望んだ冬休み。

俺もその輪に漏《も》れることなく長期休暇《きゅうか》に心躍《おど》らせているというわけだ。

「うぅ……今日は一段と寒いわね」

いつも通り、駅で待ち合わせして胡桃《くるみ》さんと学校へ。

彼女は手袋《てぶくろ》の上から指先をもみほぐしつつ身体《からだ》を縮こまらせていた。

寒がっているところ申し訳ないけれど、小動物みたいで非常にかわいい。

「手袋《てぶくろ》してるのに寒いの？」

「末端冷え性《まったんひしょう》は手袋《てぶくろ》とか靴下《くつした》とか、そういうものがほとんど意味をなさないのよ。いつもはカイロを持ってきてるんだけど……昨日買い忘れちゃって」

今日の分はなかった、ということか。

「そっか、じゃあとりあえず人肌《ひとはだ》で」

手袋《てぶくろ》の上から胡桃《くるみ》さんの手を握《にぎ》る。もこもこ。

「ありがたいけど、さすがに手袋越《てぶくろご》しじゃ分からないわよ。それに歩きにくい」

「なら立ち止まって温め合おうじゃないか！」

「学校に行けないんだけど⁉」

「サボるしかないね」

「手を繋《つな》ぎたいがために⁉」

「個人的には手だけじゃなく、末端《まったん》まで人肌《ひとはだ》で温めてあげたいんだけどね！」

「まだ朝なんだけど⁉」

「それはつまり、夜になったら人肌《ひとはだ》で温めてもオーケーってこと？」

「そ、そんなわけないでしょ⁉」

吠《ほ》える胡桃《くるみ》さんに、俺は少し真剣《しんけん》な声色《こわいろ》で返す。

「じゃあ、修学旅行の帰り道での言葉はいったいどういう意味だったのか聞いてもいいかな？」

「……っ⁉　あ、あぁ、あれ……は……」

俺の言葉に胡桃《くるみ》さんは一瞬《いっしゅん》で固まった。

彼女は暫《しば》し視線を右へ左へと水族館の回遊魚が如《ごと》く泳がせ、かと思えばこちらを見つめてきて……視線がばっちり交差すると顔を真っ赤にして一歩二歩と後ずさる。

そして——。

「わ、私先行くからっ！」

スタタタッ、と脱兎《だっと》のごとく逃《に》げ出《だ》してしまった。

「あぁ……」

……また、である。

修学旅行から帰って以来、あの日の帰り道で彼女が口にした『……そろそろ、いいかもね』という言葉をどうにかして現実に持っていけないかと、機会があればこうして尋《たず》ねているのだったが、結果は芳《かんば》しくない。

話題に出した途端《とたん》に、今のように逃《に》げられるのである。

気になるけど、聞けば逃《に》げられる。

逃《に》げられればそもそも一緒《いっしょ》に居られる時間が減る。

でも話していると気になる。

そんな悪循環《あくじゅんかん》に、ここ数日悩《なや》まされていた。

（もう少し落ち着くのを待った方がいいのか？　でもそれだと誤魔化《ごまか》されそうだし……）

頭を捻《ひね》らせつつ、俺も胡桃《くるみ》さんの後を追いかけて学校へ。

校門を抜《ぬ》けて下駄箱《げたばこ》に到着《とうちゃく》すると、胡桃《くるみ》さんがジト目のお出迎《でむか》えしてくれていた。

「待っててくれたんだ」

「べ、別に。……は、早く教室行くわよっ！」

髪《かみ》をいじりながらぼやく胡桃《くるみ》さん。

「……らぶい。やば、胡桃《くるみ》さんマジで可愛《かわい》い。大好きだ」

「う、うるさいわね！　ばかっ！」

照《て》れ隠《かく》しに怒《おこ》ってみせる胡桃《くるみ》さんは早足に教室へと向かい、俺もまた忠犬ハチ公よろしく彼女の背中を追うのだった。

結局二人並んで仲良く登校。教室に（未来の）新郎新婦《しんろうしんぷ》が入場だ。

すると先に来ていた胡桃《くるみ》さん側の友人代表、小倉《おぐら》が声をかけてきた。

「おはよ、胡桃《くるみ》ちゃんっ！」

「調《しらべ》ちゃん、おはよー」

胡桃《くるみ》さんの返事に一瞬《いっしゅん》でれっとした笑《え》みを浮《う》かべた小倉《おぐら》は、次にこちらにも視線を向けて、ぶっきらぼうに吐《は》き捨《す》てた。

「おはよ」

「おう」

短く返事をすると、彼女は口をへの字に歪《ゆが》める。

「出た『おう』。たまにはちゃんと挨拶《あいさつ》してよ」

「……おはよう」

言うと、小倉《おぐら》はにっこりと母性すら感じさせる笑《え》みを浮《う》かべて、

「はい、よくできました～」

と拍手《はくしゅ》。

「ムカつくなぁー」

「胡桃《くるみ》ちゃんの彼氏《かれし》なんだから、礼儀《れいぎ》作法ぐらいは身に付けてもらわないとね」

一体何様でどこ目線なんだと突《つ》っ込《こ》みたいところだが、俺はため息を一ついて自席に座る。

以前なら、それはもう全力で突《つ》っかかり睨《にら》み合《あ》っていただろうけど、修学旅行以来、俺と小《お》倉《ぐら》が喧嘩《けんか》することは少なくなっていた。

それは彼女の過去を聞いたり、胡桃《くるみ》さんとの関係を見て矛《ほこ》を収めたというのもあるが、一番はおそらく、彼女の態度に慣れたというのが大きいだろう。

小倉《おぐら》は胡桃《くるみ》さんにとって数少ない同性の友達であるが、それは小倉《おぐら》にとっても同じ。

クラスで浮《う》いている彼女は基本的に胡桃《くるみ》さんと居て、故《ゆえ》に基本的に胡桃《くるみ》さんと一緒《いっしょ》の俺とも行動を共にすることが必然的に多くなるのだ。

「それにしても、今日は寒いわねー」

手袋《てぶくろ》を外して指を擦《こす》る胡桃《くるみ》さんに、小倉《おぐら》が小首を傾《かし》げた。

「あれ、いつもカイロ持ってたよね？」

「実は買い忘れちゃって」

「じゃあ私の使う？」

「えっ、い、いやっ、それは悪いよ！」

遠慮《えんりょ》する胡桃《くるみ》さんに、小倉《おぐら》は取り出したカイロをずいっと前に出す。

「私は大丈夫《だいじょうぶ》だから！　それに今日は終業式で体育館に行かなきゃだし、ね？」

教室と違《ちが》って体育館にはエアコンが付いていない。そう言われて、胡桃《くるみ》さんは遠慮《えんりょ》しつつも、しかし最終的にはカイロを受け取った。

「はぁ……っ」

途端《とたん》、胡桃《くるみ》さんはふにゃりと顔を緩《ゆる》めて感嘆《かんたん》の息を漏《も》らした。かわいい。

「んっ、か、かわっ……んっふ♡」

そしてそんな胡桃《くるみ》さんを見てデレデレと締《し》まりのない顔を晒《さら》す小倉《おぐら》。だらしない。

だいたい人の彼女を変な目で見るんじゃない。

小倉《おぐら》を睥睨《へいげい》していると、ふと思った。

——そう言えば、教室ならもう歩く必要もないし人肌《ひとはだ》で温められるのでは？　と。

「えいっ」

「ひょえっ!?　い、いきなりなにっ!?」

カイロを握《にぎ》る手を上から握《にぎ》ると、素《す》っ頓狂《とんきょう》な声を上げる胡桃《くるみ》さん。

「何って、約束通り人肌《ひとはだ》で温めようかと。ほら、指先だけじゃなくて心まで温まるでしょ？

これが人肌《ひとはだ》の温《ぬく》もり、愛の証明ってやつだよ！　どうかな？」

「べ、別に約束してないし！　むしろ恥《は》ずかしさで顔が熱いくらいなんだけどっ!?」

胡桃《くるみ》さんは顔を真っ赤にして手をぶんぶんと上下に動かして、俺の手を振《ふ》りほどいた。

そして「もうっ」と、警戒《けいかい》の目を向けてくる。

そんな表情も大変素敵ですっ！　なんて思っていると、誰《だれ》かに肩《かた》を叩《たた》かれた。

振《ふ》り返《かえ》ると、それまで教室の反対側でお友達と談笑《だんしょう》していたはずの桐島《きりしま》くんが笑《え》みを浮《う》かべて立っていた。

「相変わらず、朝からイチャイチャしてるなぁ」

「本当は夜もいちゃつきたいんだけどねぇ……痛っ」

胡桃《くるみ》さんに足を蹴《け》られた。

いつもと違《ちが》ってちょっと痛い。

「今のはお前が悪い」

ぼやいて、桐島《きりしま》くんは呆《あき》れるように苦笑《くしょう》。

これは修学旅行以降の変化である。

帰ってきてからというもの、桐島《きりしま》くんは教室でもよく俺たちと絡《から》むようになっていた。

と言っても、彼には彼の所属する友達のグループがあり、あくまでたまに顔を出して話に交じるという程度ではあるが。

それでも俺たちにとっては充分《じゅうぶん》。

話せる人が増えて、胡桃《くるみ》さんが笑うことも多くなっていた。

「……」

ふと視線を感じて何気なく見やると、それまで桐島《きりしま》くんと話していたクラスメイト達がこちらに視線を向けていた。しかし、特に気にした様子もなく、すぐに自分たちの話に戻《もど》っていた。

これも、最近になって起こったクラスの変化である。

他にも、以前までクラス中から向けられていた視線も少なくなっていた。

単純に興味がなくなったからか、俺たちの存在が見慣れたものになったからか。

仔細《しさい》は不明であるが、後者なら喜ばしい限りである。

しばらくしてチャイムが鳴り、物部《もののべ》先生がやってくる。

「終業式だが、一時間目からあるからすぐに移動するぞー。お前ら準備しろー」

相も変わらず間延びした声でそう告げると、いつもより早めにホームルームを切り上げ、俺たちは体育館へと向かった。

☆

体育館へ向かう途中《とちゅう》、俺は胡桃《くるみ》さんと小倉《おぐら》の後ろを歩いていた。

本当なら俺が胡桃《くるみ》さんの隣《となり》を歩きたいところなのだが、現在二人は美容やファッションといった女子トークを繰《く》り広《ひろ》げている。とてもではないがここに入ることなど不可能であった。

というか、友達と盛り上がっているところを邪魔《じゃま》するほど俺も野暮《やぼ》ではない。

嫉妬《しっと》はするが、今はお前に任せよう。

寂《さび》しいような、嬉《うれ》しいような。

複雑な気分を抱《かか》えて、俺は後方腕組彼氏《うでぐみかれし》と化す。

そんな感じで久しくぼっちで歩いていると、ふと隣《となり》に誰《だれ》かが並んだ。

誰《だれ》じゃらほいと伺《うかが》うと、そこには剽軽者《ひょうきんもの》の姿。

「おはよ、阿坂《あさか》くん」

「おはようさん」

阿坂《あさか》くんは片手をあげて返事。

これもまた修学旅行以降の変化である。

阿坂《あさか》くんとは帰ってきてからもたまに話す仲になっていた。

内容としては他愛無い世間話程度であり、これを友達と呼ぶのかは分からない。

だけど、気を使わないという点では他のクラスメイトより話しやすい存在であった。

「にしても、今日は一段と寒いなぁ」

胡桃《くるみ》さんと同じようなことを口にして、彼は身を抱《かか》える。

「だね、寒いのは苦手？」

「まーな。こう、腹の奥が震《ふる》えて気持ち悪くなるんだよ」

なんとなくわかる気がする。

「それは……今日の終業式は大変そうだ」

「そこは大丈夫《だいじょうぶ》。腹にカイロ貼《は》ってきた」

ぺしっ、と腹を叩《たた》いてニッと笑った彼は、ふと前を歩く小倉《おぐら》を見た。

どうしたのかと思っていると、彼は神妙《しんみょう》な面持《おもも》ちで尋《たず》ねてくる。

「……笠宮《かさみや》はファッションとか気にしねぇの？」

「え？」

いきなりのことで困惑《こんわく》していると、彼は続ける。

「ほら髪《かみ》とかさ。ワックスとかつけたりしないのかなーって」

「あ、あぁー。そういうのはよく分かんないんだよね」

ああいうのってみんなどこで覚えるのか個人的に謎《なぞ》である。

ネットとかだろうかと適当に考えていると、阿坂《あさか》くんとは逆方向から声が飛んできた。

「おいおい、彼女があの古賀胡桃《こがくるみ》なのに何言ってんだよ」

「……っ！　び、びっくりした……桐島《きりしま》くんいつの間に」

声をかけてきたのは桐島《きりしま》くん。

クラス内でもカースト上位の男子二人にサンドイッチされた形である。

「やっぱ桐島《きりしま》もそう思うよな？」

「あぁ、ヤバ宮《みや》くんはもっと見た目に気を使うべきだな」

阿坂《あさか》くんの言葉に首肯《しゅこう》を返す桐島《きりしま》くん。

「い、一応筋トレはやってるんだけど……」

「そこは普段《ふだん》見えないだろうが」

桐島《きりしま》くんはため息をつくと、阿坂《あさか》くんと一瞬《いっしゅん》目配せして、

「冬休み中にたっぷり仕込んでやる」

「えっ」

「俺も手伝うぜ！　頑張《がんば》ろうな、笠宮《かさみや》！」

「あ、阿坂《あさか》くんまで……。冬休みは胡桃《くるみ》さんと過ごすつもりなんだけども」

それはもう毎日一緒《いっしょ》に過ごし、楽しくキャッキャウフフと青春の一ページを胡桃《くるみ》さん一色で埋《う》め尽《つ》くす算段であった。

思わず肩《かた》を落としていると、二人から尻《しり》に無言の蹴《け》りが飛んでくる。

「あ痛っ！　……な、なんで⁉」

「「リア充《じゅう》くたばれ」」

「……あぁ、そう言えば二人とも彼女いないんだけっけ」

イケメンなのにおかしな話だ、という意味合いで口にしたらまたもや蹴《け》りが飛んできた。

いや……うん、確かに今のは言葉のチョイスを間違《まちが》えた気がする。ごめんね。

「「ふんっ！」」

謝るとまた蹴《け》られた。

理不尽《りふじん》だ！　という言葉はさすがに喉《のど》の奥に飲み込んだ。

☆

寒い寒い体育館にて開催《かいさい》された終業式という名の校長先生のありがたいお話も終わり、生徒たちはそれぞれのクラスに戻《もど》っていく。

その前に、俺は自販機《じはんき》に温かいコーヒーを買いに行っていた。

寒いというのもあるが、それ以上に校長の話が眠《ねむ》すぎた。

このままだと教室に戻《もど》ってからの物部《もののべ》先生の話で寝落《ねお》ちは不可避《ふかひ》。

二学期最終日にそれは申し訳ない。

というわけでやって来たのだが……当たり前だが誰《だれ》の姿もなかった。

しかし小銭《こぜに》を入れてコーヒーを購入《こうにゅう》していると、不意に足音が聞こえてくる。

取り出し口から缶《かん》を手にして顔を上げると、見慣れた人物の姿が。

「小倉《おぐら》か」

「そっちも喉渇《のどかわ》いたの？」

「いや、眠《ねむ》かったんだよ」

買ったものを掲《かか》げて見せると、苦笑《くしょう》を浮《う》かべる小倉《おぐら》。

彼女は俺の横を通り過ぎて自販機《じはんき》でココアを購入《こうにゅう》。

「胡桃《くるみ》さんもそうだけど、お前もほんとココア好きだよな」

「胡桃《くるみ》ちゃんが好きだからね」

「……そ、そうか」

何気なく聞いたら思ったより重い理由が返ってきた。

俺もこじらせている自覚があるけれど、小倉《おぐら》もかなりキているると思う。

「なにその目。文句あるの？」

「別に、ただ一応言っておくと、胡桃《くるみ》さんは俺の彼女だからな」

「なにそれ自慢《じまん》？　知ってるわよ。……これは友達の好きな物を好きになって共感からの好意を得たいっていう健気《けなげ》な友情よ」

「下心しか感じないんだが？」

「まぁ、それはそれとして普通《ふつう》にはまったっていうのもあるけど」

「最初からそう言ってくれ。ちょっと怖《こわ》い」

「ヤンデレみたい？」

言って、髪《かみ》の端《はし》を咥《くわ》えてハイライトの無い瞳《ひとみ》で俺を見つめてくる小倉《おぐら》。

「怖《こわ》いって、マジで」

迫真《はくしん》の演技に感想を述べつつコーヒーを啜《すす》る。

小倉《おぐら》も少し笑《え》みを浮《う》かべてココアに口を付けた。

教室で飲んでもいいのだが、寒空の下で飲むと美味さが倍増している気がするのだ。

並んでそれぞれ温まっていると、何とはなしに小倉《おぐら》が空を見上げた。

「……そう言えば、最近何かあった？」

「何かって？」

要領を得ない質問に疑問を返すと、彼女は空から俺に視線を移す。

「胡桃《くるみ》ちゃんのこと。最近よく私のところに逃《に》げてくるから」

言われてすぐに思い当たった。

彼女が言っているのは修学旅行の帰り道での発言に関するあれこれのことだろう。

胡桃《くるみ》さんのプライバシーのこともあるし、それに胡桃《くるみ》さんラブの小倉《おぐら》に伝えるのはさすがに……と、どう答えようか言《い》い淀《よど》んでいると、彼女は顔を伏《ふ》せる。

「こ、個人的には一緒《いっしょ》に居る時間が増えて嬉《うれ》しいんだけどっ！　……でも、何かあったのか聞いても教えてくれないし……」

そりゃあ教えられないだろうなと思っていると、小倉《おぐら》は下唇《したくちびる》を噛《か》みしめて顔を上げた。

その瞳《ひとみ》は心配の色で染まっていて――。

「でも、私は胡桃《くるみ》ちゃんの悲しむところを見たくないから！　その為《ため》なら何でもするからっ！」

――だから、問題はないの？　と、訴《うった》えかけてくる小倉《おぐら》。

正直、話の根幹がとんでもないド下ネタであるから、こんなに心配してくれている小倉《おぐら》には罪悪感しか抱《いだ》かないのだが……。

だけど……そうか。

俺はコーヒーを一息に飲み干すと、近くのゴミ箱に投げ捨てた。

「安心しろ、そんなことにはならないから」

「……ほんと？」

「あぁ。それに、逃《に》げてきた胡桃《くるみ》さんは悲しそうな表情をしてたか？」

「そう言われれば……」

顎《あご》に手を当てて思い出すように目を瞑《つぶ》る小倉《おぐら》。

やがて彼女は「そっか」と呟《つぶや》きココアを飲み干すと、空き缶《かん》を捨てる。

「なら……ひとまずは安心しとく。安心して、冬休みに胡桃《くるみ》ちゃんと二人でどこに遊びに行くかを計画しとく」

「……は？　ちょ、ちょっと待て！　二人だと⁉」

「あっ、そろそろ教室に戻《もど》らないと」

「お、おい待て、小倉《おぐら》！　話はまだ……くそっ！　逃《に》げるな！」

駆《か》け足《あし》ぎみに教室へと戻《もど》っていく小倉《おぐら》。

そんな彼女に俺は、

「せ、せめてクリスマスは外せよ⁉」

そう投げかけつつ、後を追うのだった。

2

俺は今世紀最大に胸が高鳴っているのを感じていた。

場所は胡桃《くるみ》さんの部屋。

何度か訪《おとず》れたことのある当所は、相も変わらずおしゃれなお部屋である。

モダンな雰囲気《ふんいき》で統一された家具に色彩《しきさい》。テーブルデスクの上に俺とのツーショットが写真立てに飾《かざ》られているのを発見した時は悶絶《もんぜつ》するかと思った。というかした。

しかしながら、今現在俺が居るのはリビングではなく浴室だった。

鏡の前で俺は裸一貫《はだかいっかん》となりシャワーを頭から浴びる。

外は寒かったからなぁ、気持ちいなぁ……ってそうじゃない！

あまりの状況《じょうきょう》に脳の処理が間に合っていない。落ち着けと頬《ほお》を張るが当然落ち着けるはずもない。一体全体どうしてこうなったのか。

それは少し前にさかのぼる。

☆

二学期最後の学校も終わったところで、今日も今日とて胡桃《くるみ》さんと帰宅である。

本当なら恋人繋《こいびとつな》ぎで帰りたいのだが、胡桃《くるみ》さんは寒さに負けてコートのポケットに手を入れていた。危ないよと思わないでもないけれど、いざとなれば俺が全力でフォローするので問題ないだろう。

というか、防寒着でもこもこしていてとても可愛《かわい》い。お持ち帰りしたい。

そんな感じで駅までの道を歩いていると、もこもこの胡桃《くるみ》さんがポツリと呟《つぶや》いた。

「冬休み、長いわね……」

「あれ、胡桃《くるみ》さんは冬休み嫌《いや》だったりするの？」

ため息を伴《ともな》った言葉を意外に思いつつ聞き返すと、彼女は首を横に振《ふ》った。

サラサラの黒髪《くろかみ》がたなびいて、いい香りが鼻孔《びこう》をくすぐる。

「別に、そういうわけじゃないけど……その、最近学校が楽しかったから。長期休暇《きゅうか》になったらみんなと会えないなぁ、って」

「えっと、俺はバリバリ冬休みも会いに行くつもりだったけど？」

「……え？」

「小倉《おぐら》も遊びに行く計画がどうとかって言ってたし」

その言葉に胡桃《くるみ》さんは顎《あご》に手を当て、真剣《しんけん》な表情を浮《う》かべて呟《つぶや》いた。

「……冬休みに、誰《だれ》かと遊ぶ？」

長期休暇《きゅうか》に誰《だれ》かと遊ぶということに困惑《こんわく》する胡桃《くるみ》さんに涙《なみだ》が出そう。

まぁ、俺も友達と呼べる友達など桐島《きりしま》くんしかいなかったのだから、正直あまりピンときているわけでもないのだけれど。

それでも真剣《しんけん》な表情で『そんなことあり得るの？』と言わんばかりに頭に疑問符《ぎもんふ》を浮《う》かべる胡桃《くるみ》さんには是非《ぜひ》とも幸せになってもらいたい。……いや、俺が幸せにするのだが。

「胡桃《くるみ》さんさえよければ毎日でも遊びに行くよ！」

「ま、毎日……？」

「そう、毎日。クリスマスでも大晦日《おおみそか》でも元旦《がんたん》でも。胡桃《くるみ》さんが会いたいと思ってくれるのなら俺はたとえ火の中水の中、家族が実家に帰省していても会いに行くよ！」

「それはご家族と過ごして」

「胡桃《くるみ》さんは未来の家族だから問題ないね！」

「……っ！　そ、そうっ！」

顔を逸《そ》らす胡桃《くるみ》さん。

角度的に表情は見えないけれど、耳まで赤く染まっていた。

少しの静寂《せいじゃく》。

寒風が吹《ふ》き、胡桃《くるみ》さんは乱れる髪《かみ》を手で押さえながら、横目で俺を見る。

「ま、毎日……私の家に来るの？」

それは問いと言うより、確認《かくにん》に近いように聞こえた。

「もちろん！　迷惑《めいわく》かな？」

「……ううん。嬉《うれ》しい、かも」

そう告げて、胡桃《くるみ》さんは幸せそうに微笑《ほほえ》んだ。

あまりのかわいさに、自分でもびっくりするぐらい心臓が跳《は》ねた。

「だ、だったら今から胡桃《くるみ》さんの家に行こうじゃないか！」

「え、えぇっ⁉」

「何ならもう同棲《どうせい》してもいい！　冬休みの間、ひとつ屋根の下で目くるめく夜を超《こ》え、怠惰《たいだ》で退廃的《たいはいてき》な生活を築こうじゃないか！」

「ば、ばか！　そ、そんなの、だ、ダメなんだから……っ！」

慌《あわ》てて否定し、手で口元を隠《かく》す胡桃《くるみ》さん。

しかし指の隙間《すきま》からはニヤけている様子が覗《のぞ》いて見えた。

俺は、押すなら今しかないと一歩踏《ふ》み込《こ》む。

「それじゃあ、あの日のあれはどういう意味だったか、そろそろ教えて欲しいんだけど」

「え？　──っ、あ、あれはっ！」

胡桃《くるみ》さんは一瞬《いっしゅん》困惑《こんわく》の表情を浮《う》かべたものの、すぐに修学旅行の帰り道での発言のことだと気付き、しどろもどろになりながら顔を逸《そ》らした。

「……別に俺は、そういう意味じゃないって返事でもいいよ。俺は胡桃《くるみ》さんのことが大好きで、愛していうから。胡桃《くるみ》さんの準備が整うまで待てる。ただ……」

「た、ただ？」

小首を傾《かし》げて繰《く》り返《かえ》す胡桃《くるみ》さんに、俺は告げた。

「それはそれとして、普通《ふつう》に気になる！　そしてそういう意味ならめちゃくちゃ嬉《うれ》しい！」

「……へ、変態っ！」

「っ、仕方ないだろう⁉　俺は胡桃《くるみ》さんのことが好きで好きで仕方がないんだ！　もしそういう意味だったらと考えると、こう……心の奥底から溢《あふ》れんばかりの喜びが込み上げてきて……っ！　それで、そろそろ教えて欲しいんだけどもっ！」

「〜〜っ」

胡桃《くるみ》さんは下唇《したくちびる》を噛《か》みしめて、次いでジト目で俺を睨《にら》む。

かと思えば顔を逸《そ》らしてと、百面相を十秒ほど繰《く》り広《ひろ》げた後、顔を逸《そ》らした上に表情を読み取られまいと手で覆《おお》いながら、蚊《か》の鳴くような小さな声で——提案した。

「……わ、私の家、来て。今から」

☆

そして家に到着《とうちゃく》するなり「寒かったでしょ」とお風呂《ふろ》に入れられ、今に至るというわけである。

サクッと髪《かみ》と身体《からだ》を洗った俺は湯船に浸《つ》かり、改めて先ほどのことを考え——。

（……⁉　いや、待て。思い返せばこの流れ見たことあるぞ⁉　具体的にはエロ同人で——）

『まさか』と思っていると、ふと脱衣所《だついじょ》から扉越《とびらご》しに声がかかった。

「お、お湯加減は、ど、どど、どう？」

めちゃくちゃ震《ふる》えた声だった。

必然的にこちらの返す声も震《ふる》えたものになる。

「い、いい感じだよ。さすがは胡桃《くるみ》さんだね！」

もう何がさすがなのか言っている自分でもわからなかったけれど、それくらいしか言葉が出てこない。

それほどに俺は緊張《きんちょう》していた。

「じゃ、じゃあ、は、入るからっ」

「――っ⁉　ほ、ほんとにっ⁉」

シュルシュルと衣擦《きぬず》れの音が扉越《とびらご》しに聞こえて、バクバクと痛いぐらいに高鳴る心臓を押さえつけつつ生唾《なまつば》を飲み込むと――ガチャリと扉《とびら》が開いた。

そこに居たのは――

「み、水着なら、一緒《いつしよ》に入ってもいいって言ったから」

学校指定の無難な競泳水着を身に着けた胡桃《くるみ》さんだった。

「……っ」

「な、何か言ってよ」

「いや、その……どうして裸《はだか》じゃないんだ！　と最初は言おうと思ったんだけど、風呂場《ふろば》で水

着っていうのは、それはそれで魅力的《みりょくてき》だなと……子作り頑張《がんば》ろうね！」

「なに言ってるの⁉　ねぇ、ほんとなに言ってるの⁉」

「あれ、これってそういう流れじゃないの⁉」

「ち、違《ちが》うわよ！　こ、これはその……背中を流してあげる的なあれよ……」

羞恥《しゅうち》からか顔を真っ赤にして告げる胡桃《くるみ》さん。

正直すでに全身洗い終えているけれど……まぁいっか！

胡桃《くるみ》さんに洗ってもらえるなんて最高以外の何ものでもないのだから！

俺は嬉々《きき》として湯船から立ち上がろうとして——

「っと、その前にタオルを一枚貰《もら》ってもいい？」

「え？　……あっ、う、うん！」

彼女の視線が一瞬《いっしゅん》下がって、かと思えばものすごい勢いで逸《そ》らされタオルを手渡《てわた》された。

何もそこまで嫌《いや》がらなくても。お風呂《ふろ》に入れたのは胡桃《くるみ》さんじゃない。

なんて思いつつ椅子《いす》に座ると、胡桃《くるみ》さんが新品のボディタオルを泡立《あわだ》てる。

「胡桃《くるみ》さんのタオルでよかったのに」

「さすがにそれはヤバいでしょ」

「すんごいマジレス」

「もう。……よしっ、そ、それじゃあいくわよ？」

呆《あき》れつつも泡立《あわだ》ったタオルを手にする胡桃《くるみ》さん。

「胡桃《くるみ》さんを受け入れる準備はいつでもオッケーだよ」

「そういう意味じゃないんだけどっ⁉　……え、えいっ」

背中にタオルの感触《かんしょく》。そして上下にごしごしと擦《こす》られる。

「気持ちいい？」

「胡桃《くるみ》さんと同じ風呂場《ふろば》にいるというだけで気持ち良すぎる」

「……やめるわよ？」

「天にも昇《のぼ》るような心地《ここち》です！」

「そ。痒《かゆ》いところはない？」

「嬉《うれ》しさで心がむず痒《がゆ》いです」

「ないのね」

ごしごし擦《こす》られながら思う。素手《すで》じゃなくてよかったぁ、と。

本当は素手《すで》で洗って欲しかったなと一瞬《いっしゅん》思ったけれど、絶対堪《こら》えられなかっただろう。

「それじゃあ――」

「次は前かな？」

「それは自分でして！」

べしっ、とタオルを投げつけられた。

仕方がないのでささっと残りを洗い終えて泡《あわ》を流すと、俺は席を譲《ゆず》る。

「……なに？」

「次は俺が胡桃《くるみ》さんを隅《すみ》から隅《すみ》まできれいに洗ってあげようかと……」

「わ、私はいいのよ！　それより洗ったなら先にあがってて！」

「えっ、もう⁉」

「だ、だって、洗うってなったら裸《はだか》にならなきゃだし……」

「大丈夫大丈夫《だいじょうぶだいじょうぶ》、湯船に浸《つ》かって待ってるから！」

「なにも大丈夫《だいじょうぶ》じゃないんだけど⁉」

いいから先あがってて！　と俺の裸《はだか》をあまり見ないようにしながら背中を押す胡桃《くるみ》さん。

この一世一代の大チャンスをこんな一瞬《いっしゅん》で終わらせていいのか？　いいやよくない（反語）。

「ならせめて一緒《いっしょ》に湯船に浸《つ》かろう！」

「なんで⁉」

「そりゃあもう、小さな浴槽《よくそう》に愛する人と密着して浸《つ》かりたいという純粋《じゅんすい》な恋心《こいごころ》だよ」

「たぶん身体《からだ》目的の奴《やつ》も同じこと言うと思うんだけど⁉　……うぅ、わ、わかったわよっ！」

懇願《こんがん》するように見つめていると、胡桃《くるみ》さんはしぶしぶといった様子で首肯《しゅこう》した。

「よし！」

「そ、その代わり、一瞬《いっしゅん》だからね！　すぐあがってよ！」

「もちろんだよ！」

というわけでちゃぽんと湯船に浸《つ》かると、胡桃《くるみ》さんもおずおずと足を入れる。

なんだろう、水着を着ているはずなのにヤバい一線を越《こ》えようとしている感がマッハである。

胡桃《くるみ》さんはゆっくり両足を浸《つ》け、腰《こし》を下ろし、俺と向かい合うように体育座りで浸《つ》かった。

水かさが僅《わず》かに上昇《じょうしょう》する。

「……や、やっぱりこれ……は、恥《は》ずかしすぎるんだけ――どっ⁉」

もう限界だといわんばかりに顔を赤くしてこちらを見た胡桃《くるみ》さん。

しかし彼女は慌《あわ》てて視線を逸《そ》らした。

一瞬《いっしゅん》わからなかったが彼女の視線を追って考え理解。

対面の位置に座っているから俺のタオルの中が見えそうになったのだろう。

「これは失敬。ほら、こっちへどうぞ」

「い、行くわけないけど⁉」

手を広げて俺の方に背中を預けて欲しいと示してみるけれど、胡桃《くるみ》さんは拒絶《きょぜつ》。

しょんぼりしていると、彼女はざばっと湯船から立ち上がって、

「そ、それじゃあもういいでしょ！　貴一《きいち》は先に――っ」

と言いかけ、湯船の底で足を滑《すべ》らせたのか胡桃《くるみ》さんの体勢が崩《くず》れた。

「危ないっ！」

俺は大慌《おおあわ》てで彼女を支えるように動き——ざぶんっ！　とお湯がこぼれる。

「だ、大丈夫《だいじょうぶ》？　胡桃《くるみ》さん」

「え、えぇ、ありがと……う？」

お互《たが》いに声を掛《か》け合《あ》いつつ、状況《じょうきょう》を確認《かくにん》しようとして……思考が停止した。

何しろ、俺と胡桃《くるみ》さんは湯船の中で真正面から抱《だ》き合《あ》う形になっていたのだから。

「……」

「……」

水着越《ご》しに胡桃《くるみ》さんの柔《やわ》らかさが身体中《からだじゅう》に伝わる。

顔は鼻先一センチもなく、視線は逸《そ》らすのが難しいほどにかち合っていて、互《たが》いの息遣《いきづか》いさえ聞こえる距離《きょり》。少しの身じろぎも緊張《きんちょう》で強張るほどに身体《からだ》は密着していて、彼女の早鐘《はやがね》を打つ心臓の音すら聞こえてきそうだ。

というか、胸板《むないた》に触《ふ》れてるこの柔《やわ》らかい感触《かんしょく》って胡桃《くるみ》さんの——。

それが何か察した瞬間《しゅんかん》——ぴちょん、とシャワーの雫《しずく》が湯船に落ちた。

「～～～っ！　ご、ごめんっ」

瞬間《しゅんかん》、胡桃《くるみ》さんが跳《は》ねるように飛《と》び退《の》く。

「い、いや……怪我《けが》がないみたいで、その……」

先ほどの感触《かんしょく》がまだ残っている気がして、上手《うま》く言葉が回らない。

肌《はだ》はすべすべとしていて、柔《やわ》らかく……思わず生唾《なまつば》を飲み込むと、胡桃《くるみ》さんが顔を真っ赤にして見下ろしながら、脱衣所《だついじょ》へと続く扉《とびら》を指さした。

「そ、その……今度こそ……さっ、先にあがってて」

「わ、わかった」

俺はいまだに茹《うだ》って思考力の戻《もど》らない脳を引き連れて、脱衣所《だついじょ》へと向かう。

「その、わ、私もすぐ出るから」

その言葉に、俺はいよいよもって限界であった。


言われた通りリビングで胡桃《くるみ》さんを待っていると、彼女はすぐに姿を見せた。

時間にして十分もかかっていないように思えるが、緊張《きんちょう》していたので正しいかは不明。

胡桃《くるみ》さんはいつぞやのようなラフな格好ではなく、ゆったりしつつもオシャレで可愛《かわい》らしい部屋着を身に纏《まと》っていた。

ドライヤーを当てていないためか髪《かみ》はまだしっとりとしていて、風呂《ふろ》のせいではないだろう頬《ほお》の上気が、煽情的《せんじょうてき》な雰囲気《ふんいき》を醸《かも》し出《だ》していた。

「お、お待たせ」

彼女は少し躊躇《ちゅうちょ》しつつも、俺の隣《となり》にぽすんと腰《こし》を下ろす。

しかし落ち着かないのか足をもじもじ。

ちらちらとこちらに視線を向けては、合いそうになると慌《あわ》てて逸《そ》らす。

「あ、あー、な、何か飲む？　……あっ」

やがて逃《に》げるように立ち上がろうとしたので慌《あわ》てて腕《うで》を掴《つか》むと、思いのほか何の抵抗《ていこう》もなく、胡桃《くるみ》さんは再度ソファーに腰《こし》を落ち着けた。

沈黙《ちんもく》が訪《おとず》れる。

胡桃《くるみ》さんは顔を赤らめたまま、俯《うつむ》きがちにこちらを見て何かを待っている様子。

さて、どう切り出したものかと逡巡《しゅんじゅん》し、結局は直球に伝えることにした。

「えっと……襲《おそ》ってもいい？」

「そ、それはさすがに直球過ぎないっ⁉」

「じゃあ、一緒《いっしょ》に大人の階段を昇《のぼ》ろう！」

「な、なんかふざけてるみたいでいや！」

「そんな！　俺はいつだって胡桃《くるみ》さんに真剣《しんけん》だというのに！」

「そ、そんなの知ってるわよ！　で、でも……だってぇ……うぅ……っ」

恥《は》ずかしさのせいか目に涙《なみだ》すら浮《う》かべて、あわあわと目を回す胡桃《くるみ》さん。

これ以上、どう言えばいいというのだろうか。

考えていると、何とか落ち着きを取《と》り戻《もど》した胡桃《くるみ》さんがおほん、と咳払《せきばら》い。

どうしたのかと視線を向けると、彼女は口をキュッと結んで瞑目《めいもく》。

自らの両頬《りょうほお》を張って大きく深呼吸すると、目を見開いて身を寄せてくる。

その表情は何か覚悟《かくご》を決めたような様子で、固唾《かたず》を呑《の》む。

やがて彼女はまっすぐに見つめたまま俺の肩《かた》に手を置いて——ぼすん、とソファーに押し倒すとお腹《なか》の上に馬乗りになる。

「く、胡桃《くるみ》さん？」

驚《おどろ》いて声をかけると、彼女は決意した表情のまま告げる。

「い、一度しか言わないから、よく聞いて」

馬乗りになった胡桃《くるみ》さんが俺を見下ろしてくる。

流麗《りゅうれい》な黒髪《くろかみ》が重力に従い垂れ下がり、頬《ほお》を撫《な》でてくすぐったい。

俺の身体《からだ》を挟《はさ》む太ももが柔《やわ》らかく、興奮してやまない。

互《たが》いの服が擦《こす》れ、その内側の体温が服越《ご》しに伝わる。

顔は先ほどにも増して近付けられ、その同年代とは思えないほど大人びていて綺麗《きれい》な顔に思わず目を奪《うば》われた。

そんな彼女は、恥《は》ずかしいのか顔を真っ赤に染めながら、しかし瑞々《みずみず》しい唇《くちびる》をゆっくりと動かして息を吸うと、——提案した。

「わ、私と……セックスしましょう」

それはいつだったか俺が言ったことの焼き直しのようで。

思わず破顔してしまう。

「な、何よっ！」

「だって、胡桃《くるみ》さんも直球じゃないか」

「そ、それは……っ、な、なに⁉　嫌《いや》なの⁉　嫌《いや》なんだったらしな——」

馬乗りのまま目を吊《つ》り上《あ》げてうがーっと怒《おこ》る胡桃《くるみ》さん。

相変わらず、可愛《かわい》くて、愛おしい人である。

怒《おこ》っているにも関わらず逃《に》がすものかと馬乗りをやめない胡桃《くるみ》さん。

顔を近付けたまま睨《にら》んでくる彼女に、俺は背に手を回して抱《だ》きしめた。

「あっ、ちょっと！」

「嫌《いや》なわけないよ、胡桃《くるみ》さん。むしろこちらからお願いしたいくらいだ！」

「……そ、そう。なら、いいけど」

彼女は小さく呟《つぶや》くと腕《うで》の中で抵抗《ていこう》をやめた。

そして俺たちはしばらく見つめ合い——。

端的《たんてき》に言おう、襲《おそ》った。

☆

私、古賀胡桃《こがくるみ》は微睡《まどろみ》の中で目が覚めた。

場所は寝室《しんしつ》のベッドの中。窓の外を見るとすでに日もとっぷりと落ち切っていた。

何だかんだで真昼間から始めた結果である。

心地《ここち》よい気だるさの残る身体《からだ》を動かしてデジタル時計を確認《かくにん》すると、時刻は十一時四分。

意外なことに、まだ日は跨《また》いでいないみたい。

寝惚《ねぼ》け眼《まなこ》を擦《こす》りながら身を起こそうとして、隣《となり》で小さく寝息《ねいき》を立てる彼に気付いた。

ぺらっ、と掛《か》け布団《ぶとん》を捲《めく》ると裸《はだか》。私も裸《はだか》。

（…………っ）

一瞬遅《いっしゅんおく》れて、何とも言《い》い難《がた》い感情が胸中に飛来した。

嬉《うれ》しいような、恥《は》ずかしいような。でも決して嫌《いや》という思いではない。

というか、ついに意識のある状態でシたんだ、私。

「……」

いやいや。

そもそも意識のない状態でヤったことがあるというのがおかしいのだけど。

過去は変えられないというのに、それでもあの日のことを思い出すと胸の奥が痒《かゆ》くなる。

恥《は》ずかしさに頭を抱《かか》えていると、ふと眠《ねむ》っていた彼が目を覚ました。

「――お、おは……よう」

彼はぱちぱちと瞬《まばた》きし、私の顔を見て、視線を下に、かと思えばもう一度顔を見る。

「えっち」

「胡桃《くるみ》さんが魅力《みりょく》的過《てき》ぎるんだよ。……月明かりじゃ足りないから電気を点《つ》けてもいい？」

「ぜ、絶対ダメっ！」

そんなっ、と悲壮《ひそう》の表情を浮《う》かべる貴一《きいち》に思わず笑ってしまう。

すると彼もつられたように笑《え》みを見せた。

「それにしても、あれだね。……子供の名前は何にしようか」

「は、はぁ⁉　いきなりなに言ってるのよっ⁉　だ、だいたい、ご、ゴムしてたでしょ⁉

……してたわよね？」

どうしよう、最後の方はどうだったか曖昧《あいまい》なんだけど。

不安に思っていると、頭を撫《な》でられる。

「大丈夫《だいじょうぶ》。子供は欲《ほ》しいけど、そのあたりはちゃんとしてるつもりだから。ただ二人仲良く大人の階段を昇《のぼ》った次のステップと言えばそこかなと思っただけだよ」

「……っ」

その言葉にチクリと胸が痛んだ。

理由は当然、すでに大人の階段は昇《のぼ》っていたからである。

色々と我慢《がまん》していた彼に対して、私は一人性欲に負け、眠《ねむ》っている彼を襲《おそ》った。

だからこそ優《やさ》しい笑《え》みを浮《う》かべて『一緒《いっしょ》に』と喜ぶ彼に、罪悪感というか気まずさを覚えて仕方がない。いや、ほんと申し訳ない。

「どうしたの、胡桃《くるみ》さん」

「い、いえっ、べ、べべ、別になんでも――」

いつまでも返事をしない私を不審《ふしん》に思ったのか、心配げな表情で尋《たず》ねてくる貴一《きいち》。

何でもないと誤魔化《ごまか》そうとして、ふと彼のお腹の虫がぐぅ、と鳴った。

「そう言えばお昼から何も食べてなかったわね」

「確かに胡桃《くるみ》さんしか食べてなかったね！」

「バカじゃないの⁉」

確かに何度も食べられたけども！

まだ感覚残ってるし……。

私は胸に溜《た》まった恥《は》ずかしさを一度飲み下すと、ため息をつく。

「と、とりあえず何か作ろうか？」

「いいの？」

「ええ、私もお腹空《なか》いたし」

何気なく提案してみると、彼は満面の笑《え》みを浮《う》かべた。

「ありがとう胡桃《くるみ》さん！　すごく嬉《うれ》しいよ！　それに、なんだかこうしてると未来のシミュレーションをしているみたいでドキドキするね！」

「ば、バカなこと言ってないで早く服着てよ！　リビングに行くわよ」

「ついでに役所に婚姻届《こんいんとどけ》も貰《もら》いに――」

「ご飯いらないの？」

「いります！」

元気に返事する彼に苦笑《くしょう》しつつ、私は服を着るためにまず部屋の電気を点《つ》けようと布団《ふとん》から出ると、スイッチの元まで歩いて行き――ぱちっ。

電気が点《つ》くと同時、後方で息を飲む音が聞こえた。

「……っ」

振《ふ》り返《かえ》ると、私を見て顔を真っ赤にする貴一《きいち》の姿。

どうしたのだろうと一歩近付くと、あからさまな動揺《どうよう》を示した。

瞬間《しゅんかん》、ぞくぞくと私の中の嗜虐心《しぎゃくしん》が強く刺激《しげき》される。

「……ねぇ、どうしたの？」

「……っ、い、いやその、て、天使が降臨したのかと思ってつい見惚《みと》れて――」

「ふーん、そうなんだぁ♡」

今の私の表情は、これ以上なくニヤけていることだろう。

でも仕方がない。興奮して仕方がない。

さらに一歩、二歩と近付く。

どうしよう、いけない扉《とびら》を開いてしまったかもしれない。

張《は》り裂《さ》けそうなほど心臓が脈動し、興奮のあまり身体《からだ》が火照《ほて》ってくる。

そしてついにベッドに腰掛《こしか》ける貴一《きいち》のもとに辿《たど》り着《つ》いた。

「く、胡桃《くるみ》さんっ！」

すると突然《とつぜん》立ち上がった彼に手を摑《つか》まれ、強く引き寄せられる。

バランスが崩《くず》れた私は彼の腕《うで》の中に倒《たお》れ込《こ》み、優《やさ》しく受け止められてそのままベッドに押し倒された。

「ひゃっ……んっ、……へっ？　ちょ、え？」

「今の、誘《さそ》ってるって受け取っていいよね？」

「え、あっ、ちょっ……んぶっ♡」

驚《おどろ》いていると唇《くちびる》をふさがれる。

一瞬《いっしゅん》驚《おどろ》きつつも受け入れ——そして今の自分の行動を俯瞰《ふかん》。

確かに、そうとしか思えない。

というか、間違《まちが》いなく誘《さそ》っていた。

性欲に思考回路を乗っ取られていた。

「んっ、んむぅ……っぷはっ♡　はぁ、はぁ……♡　ご、ご飯はいいの？」

「さすがに我慢《がまん》できないです」

「もう……変態なんだから」

せめてもの抵抗《ていこう》にそう告げると、思いもよらぬ言葉が返ってきた。

「最近よく思うんだけど、実は胡桃《くるみ》さんの方が変態だったりするんじゃない？」

「ばっ！　そっ、そんなわけないでしょ⁉」

「いや、でも修学旅行でもキスされたり、案外積極的に来てくれるような」

「そ……んなことより——し、シないの？」

「っ、胡桃《くるみ》さん！」

話題を逸《そ》らすと、なんとも簡単に誤魔化《ごまか》されてくれた。

けど、彼の言うことは正しい。

たぶん、というか絶対に私の方が変態である。

何しろ一方的に襲《おそ》っているのだから。

（……夜這《よば》いしたこと、いつかは言わなきゃいけないよね）

キスに応えながら、私は茫然《ぼうぜん》と考える。

まぁ今は絶対無理だけども。
嫌《きら》われることを心配しているんじゃなくて、もっと自分勝手な理由。
単純に、恥《は》ずかしぃのだ。

だけどこれから先、私は彼と一緒《いっしょ》に生きていく。
その中で、いつかは言える日が来るかもしれない。
いつか、貴一《きいち》と共に歩く未来。
それを妄想《もうそう》しつつ、私は幸せに身を委ねるのだった。

あとがき

まずはここまで読んでいただいた皆様《みなさま》に感謝を。

お久しぶり、あるいははじめまして。赤月《あかつき》ヤモリと申します。


時が過ぎるのは早いもので一巻の発売からすでに半年以上。

平均的なライトノベルの二巻の発売としては、かなり期間が空いてしまいました。

楽しみに待っていてくださった皆様《みなさま》、申し訳ございません。ですがその分、内容としては面《おも》白《しろ》い作品になったのではないかと感じております。全編完全書き下ろしであり、WEB版の続きでもある本巻。楽しんでいただけたでしょうか？　皆様《みなさま》の日常における、笑顔《えがお》のひとつとなれば幸いでございます。

そして本巻にて、この作品を書き始めた際に考えていた構想をすべて書き終えました。WEBにて作品を公開してから二年以上かかりましたが無事に完成しました。これも皆様《みなさま》の応援《おうえん》のおかげでございます。

さて自分語りも終えたところで、ここからは本作が完成するまでにお力添《ちからぞ》えをいただいた皆様《みなさま》への感謝を。

まずはイラストを担当して下さったkr木様。一巻に引き続き美しいイラストの数々、誠《まこと》にありがとうございます。表紙を飾《かざ》る胡桃《くるみ》さんの鮮《あざ》やかさには、思わず感涙《かんるい》してしまいました。可愛《かわい》い。めちゃくちゃに可愛《かわい》いですっ！

次に編集の佐藤《さとう》様。何度も何度も〆切《しめきり》をぶっちぎり、ご連絡《れんらく》の度に『まだちょっとできてないです』と返す愚《おろ》かな私を見捨てず、それどころか数々のネタのご提案までいただき、本当にありがとうございます。おかげで無事、こうして二巻を世に送り出すことが出来ました。

また、校正者様、印刷に携《たずさ》わった方々。その他、私の知らないところでお力添《ちからぞ》えをいただいた皆様《みなさま》に感謝を。

そして何より、応援《おうえん》して購入《こうにゅう》して下さった読者の皆様《みなさま》に、最大にして最上級の感謝を。

ありがとうございます。

またいつか、どこかでお会いできることを楽しみにしております。

それでは。

赤月《あかつき》ヤモリ

◉著者　名著作リスト

「飛び降りる直前の同級生に『×××しよう！』と提案してみた。1〜2」（電撃文庫）

本書に対するご意見、ご感想をお寄せください。

ファンレターあて先
〒 102-8177　東京都千代田区富士見 2-13-3
電撃文庫編集部
「赤月ヤモリ先生」係
「ｋｒ木先生」係

本書はカクヨム掲載『自殺しようとしている美少女に『セックスしよう！』と提案してみた。』を改題・加筆修正したものです。

電撃文庫

飛《と》び降《お》りる直前《ちょくぜん》の同級生《どうきゅうせい》に『×××《ピー》しよう!』と提案《ていあん》してみた。2

赤月《あかつき》ヤモリ

2022年11月10日　初版発行

発行者　山下直久
発行　株式会社KADOKAWA
〒102-8177　東京都千代田区富士見2-13-3
0570-002-301（ナビダイヤル）
装丁者　荻窪裕司（META＋MANIERA）
印刷　株式会社暁印刷
製本　株式会社暁印刷

●お問い合わせ
https://www.kadokawa.co.jp/（「お問い合わせ」へお進みください）
※内容によっては、お答えできない場合があります。
※サポートは日本国内のみとさせていただきます。
※ Japanese text only

※定価はカバーに表示してあります。

ISBN978-4-04-914223-5　C0193　Printed in Japan

電撃文庫　https://dengekibunko.jp/

電撃文庫創刊に際して

文庫は、我が国にとどまらず、世界の書籍の流れのなかで〝小さな巨人〟としての地位を築いてきた。古今東西の名著を、廉価で手に入りやすい形で提供してきたからこそ、人は文庫を自分の師として、また青春の想い出として、語りついできたのである。

その源を、文化的にはドイツのレクラム文庫に求めるにせよ、規模の上でイギリスのペンギンブックスに求めるにせよ、いま文庫は知識人の層の多様化に従って、ますますその意義を大きくしていると言ってよい。

文庫出版の意味するものは、激動の現代のみならず将来にわたって、大きくなることはあっても、小さくなることはないだろう。

「電撃文庫」は、そのように多様化した対象に応え、歴史に耐えうる作品を収録するのはもちろん、新しい世紀を迎えるにあたって、既成の枠をこえる新鮮で強烈なアイ・オープナーたりたい。

その特異さ故に、この存在は、かつて文庫がはじめて出版世界に登場したときと、同じ戸惑いを読書人に与えるかもしれない。

しかし、〈Changing Times,Changing Publishing〉時代は変わって、出版も変わる。時を重ねるなかで、精神の糧として、心の一隅を占めるものとして、次なる文化の担い手の若者たちに確かな評価を得られると信じて、ここに「電撃文庫」を出版する。

1993年6月10日
角川歴彦

電撃文庫DIGEST　11月の新刊　発売日2022年11月10日

新作 デモンズ・クレスト1 現実∽侵食
著／川原 礫　イラスト／堀口悠紀子

「お兄ちゃん、ここは現実だよ！」

ユウマは、VRMMORPG《アクチュアル・マジック》のプレイ中、ゲームと現実が融合した《新世界》に足を踏み入れ……。川原礫最新作は、MR（複合現実）＆デスゲーム！

続・魔法科高校の劣等生 メイジアン・カンパニー⑤
著／佐島 勤　イラスト／石田可奈

USNAのシャスタ山から出土した『導師の石板』と『コンパス』。この二つの道具はともに、古代の高度魔法文明国シャンバラへの道を示すものではないかと考える達也は、インド・ペルシア連邦へと向かうのだが――。

呪われて、純愛。2
著／二丸修一　イラスト／ハナモト

よみがえった記憶はまるで呪いのように廻を蝕んでいた。白雪と魔子の狭間で惑う廻は、幸福を感じるたびに苦しみ、誠実であろうとするほど泥沼に堕ちていく。三人全員純愛。その果てに三人が選んだ道とは――。

姫騎士様のヒモ3
著／白金 透　イラスト／マシマサキ

ついに発生した魔物の大量発生――スタンピード。迷宮内に取り残されてしまった姫騎士アルウィンを救うため、マシューは覚悟を決め迷宮深部へと潜る。立ちはだかる危機の数々に、最弱のヒモはどう立ち向かう！？

竜の姫ブリュンヒルド
著／東崎惟子　イラスト／あおあそ

第28回電撃小説大賞《銀賞》受賞『竜殺しのブリュンヒルド』第二部開幕！　物語は遡ること700年……人を愛し、竜を愛した巫女がいた。人々は彼女をこう呼んだ。時に蔑み、時に畏れ――あれは「竜の姫」と。

ミミクリー・ガールズII
著／ひたき　イラスト／あさなや

狙われた札幌五輪。極東での作戦活動を命じられたクリスティたち。首脳会談に臨むが、出てきたのはカグヤという名の少女で……。

妹はカノジョにできないのに 3
著／鏡 遊　イラスト／三九呂

「妹を卒業してカノジョになる」宣言のあとも雪季は可愛い妹のままで、晶穂もマイペース。透子が居候したり、元カノ（？）に遭遇したり、日常を過ごす春太。が、クリスマスに三角関係を揺るがすハプニングが!?

飛び降りる直前の同級生に『×××しよう!』と提案してみた。2
著／赤月ヤモリ　イラスト／kr木

胡桃のイジメ問題を解決し、正式に恋人となった二人は修学旅行へ！　遊園地や寺社仏閣に、珍しくテンションを上げる胡桃。だが、彼女には京都で会わなければいけない人がいるようで……。

新作 サマナーズウォー／召喚士大戦1 喚び出されしもの
著／榊 一郎　イラスト／toi8
原案／Com2uS　企画／Toei Animation/Com2uS
執筆協力／木尾寿久（Elephante Ltd.）

二度も町を襲った父・オウマを追って、召喚士の少年ユウゴの冒険の旅が始まる。共に進むのはオウマに見捨てられた召喚士の少女リゼルと、お目付け役のモーガン。そして彼らは、王都で狡猾な召喚士と相まみえる――。

新作 ゲーム・オブ・ヴァンパイア
著／岩田洋季　イラスト／8イチビ8

吸血鬼駆逐を目的とした機関に所属する汐瀬命は、事件捜査のため天霧学園へと潜入する。学園に潜む吸血鬼候補として、見出したのは4人の美少女たち。そんな中、学園内で新たな吸血鬼の被害者が出てしまい――。

新作 私のことも、好きって言ってよ! ～宇宙最強の皇女に求婚された僕が、世界を救うために二股をかける話～
著／午鳥志季　イラスト／そふら

宇宙を統べる最強の皇女・アイヴィスに“一目惚れ”された高校生・進藤悠人。地球のためアイヴィスと付き合うことを要請される悠人だったが、悠人には付き合い始めたばかりの彼女がいた！　悠人の決断は――？

あした、裸足でこい。
Tomorrow, when spring comes.
「隣にいてよ、今度は」
岬　鷺宮
Misaki Saginomiya
illustration§Hiten
青春×タイムリープラブストーリー！

卒業式、俺は冴えない高校生活を思い返していた。成績は微妙、夢は諦め、恋人とは自然消滅。しかも彼女は今や国民的ミュージシャン。すっかり別世界の住人になってしまっていた。

だがその日。元カノ・二斗千華《にとちか》は遺書を残して失踪した。

呆然とする俺は……気づけば入学式の日、過去の世界にタイムリープしていた。

この世界でなら、二斗を助けられる？

……いや、それだけじゃ駄目なんだ。今度こそ対等な関係になれるように。彼女と並んでいられるように。俺自身の三年間すら全力で書き換える！

卒業《おわり》から始まる、青春やり直しラブストーリー。

電撃文庫

MONSTER HOLIC
怪物中毒
PICK UP!
超人気作家
三河ごーすと
が贈る原点回帰にして
最新の
ダークファンタジー！
AUTHOR
三河ごーすと
ILLUST
美和野らぐ
怪物以上人間未満の
少年少女たちが
《官製スラム》の夜を駆ける——！
MONSTER HOLIC
Introduction: Infinite resul
1st chapter: Hit-and-run
電撃文庫

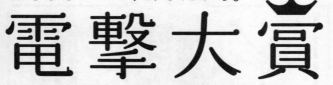